Titre original : *The Ultimate Unauthorized Eragon Guide*
Traduit de l'anglais par Gabriel Repettati

un département de place des éditeurs

ISBN : 978-2-84228-299-8
Numéro d'éditeur : 262

Lois H. Gresh

Les mondes magiques d'Eragon

le pré aux clercs

SOMMAIRE

De quoi ça parle ?

Cela fait bien des années que j'écris des ouvrages de science-fiction et de fantasy. Du moins, depuis suffisamment longtemps pour pouvoir être la propre mère de Christopher Paolini. Alors imaginez un peu ma surprise lorsque j'ai découvert qu'à l'âge de 20 ans seulement le petit Paolini avait déjà vendu plus d'un million d'exemplaires d'*Eragon*, son tout premier roman. Comment un tel succès était-il possible ?

Ni une, ni deux, je me suis ruée chez mon libraire préféré et me suis emparée d'un exemplaire de ce fameux *Eragon*[1] (enfin, je l'ai acheté). Comprenant plus de six cents pages, le roman en question arborait un dragon sur la couverture. Un encart publicitaire nous informait que le livre était, je cite, « classé premier sur la liste des best-sellers du *New York Times* ». Totalement abasourdie (souvenez-vous, je suis une vieille écrivaine, avec pas moins de dix-sept bouquins au compteur, et je n'ai jamais, au grand jamais, vendu un million d'exemplaires de quoi que ce soit), j'ai jeté un œil du côté des remerciements. J'y ai notamment appris que Paolini s'était attelé aux premières pages d'*Eragon* à l'âge de 15 ans, et que le livre avait d'abord été publié en 2002 par Paolini International LLC, une maison d'édition créée et dirigée par les propres parents de l'auteur. Sa mère avait ensuite organisé des séances de signature à travers tous les États-Unis. C'est d'ailleurs au cours de l'une de ces séances que Paolini a rencontré Michelle Frey, devenue depuis son éditrice chez Knopf Books. La suite fait déjà partie de l'histoire : best-seller sur la liste de *USA Today* et du *New York Times*, *Eragon* a donné lieu à

---

1. Christopher Paolini, *Eragon* (New York, Alfred A. Knopf, 2003 ; Paris, Bayard Jeunesse, 2004).

un film éponyme produit par la Twentieth Century Fox prêt à débarquer sur les écrans de tous les pays. Un second roman intitulé *L'Aîné* a bénéficié d'un premier tirage à un million d'exemplaires, et son jeune auteur est aujourd'hui acclamé par des millions de fans à travers le monde.

Intriguée, je me suis tout de suite plongée dans la lecture du roman. Au point de ne plus pouvoir le lâcher.

Quant à vous, lecteur ou lectrice de ce guide, je suppose que vous avez déjà lu et relu *Eragon* et sa suite, *L'Aîné* [2]. Si la réponse est non, courez vite chez votre libraire pour vous y procurer les deux premiers tomes de cette trilogie de « L'Héritage » (le troisième est en préparation) signée Christopher Paolini. Bien évidemment, si votre école ou votre bibliothèque de quartier disposent d'exemplaires, alors je vous conseille d'emprunter les livres plutôt que de les acheter. Mais le plus important reste de les lire. Pourquoi cela ? Parce qu'ils sont suprêmement divertissants.

Tout d'abord de quoi parlent *Eragon* et *L'Aîné* ? Et pourquoi diable ces deux romans ont-ils autant de succès ?

L'auteur retrace la destinée d'un adolescent baptisé Eragon. Âgé de 15 ans, le jeune garçon vit avec son oncle Garrow et travaille dans sa ferme, tout en ne cessant de s'interroger sur l'identité de ses véritables parents. Il se pourrait en effet que sa mère, Selena, soit encore en vie (elle a abandonné son fils à la naissance). Quant à son père, il ne sait rien de lui.

De toute évidence, lorsqu'un livre démarre en précisant que la mère d'un personnage pourrait être encore en vie, il faut naturellement s'attendre à ce que celle-ci apparaisse avant la fin de l'histoire. Si un roman, une pièce de théâtre ou un film débutent avec l'image d'un pistolet fumant négligemment posé sur le rebord d'une

2. Christopher Paolini, *L'Aîné* (New York, Alfred A. Knopf, 2005 ; Paris, Bayard Jeunesse, 2006).

cheminée (ou ailleurs), nous pouvons être sûrs d'en découvrir la raison un peu plus tard ! C'est ce qu'on appelle la preuve tangible.

Le postulat d'un père « totalement inconnu » correspond également à cette technique. Le lecteur s'attend à voir apparaître le père d'Eragon à tout moment. Il s'attend aussi à ce que ce dernier soit puissant (Dark Vador, un roi, un magicien de premier ordre, ou tout simplement un personnage sympathique et bienveillant), qu'il cause des ennuis à Eragon ou, au contraire, lui apporte une aide précieuse. Au minimum, nous désirons savoir si ce père inconnu est mort ou vivant. Il en va de même pour la maman de notre jeune héros.

Une chose est sûre, Eragon aime errer au cœur d'une vaste chaîne montagneuse appelée la Crête. C'est d'ailleurs là qu'il trouve une pierre bleue. Pierre qui se révèle être un œuf de dragon et d'où éclot un peu plus tard dans le récit un bébé dragon nommé Saphira. L'animal, une femelle, se lie d'amitié avec Eragon, faisant de lui le premier Dragonnier depuis fort longtemps.

Il semblerait que, quelques milliers d'années plus tôt, les elfes et les dragons se soient affrontés, et que les Dragonniers aient apporté la paix. Le monde d'Eragon est toujours peuplé d'elfes, de dragons, de nains, et plein de sombres sortilèges et de magie en tout genre. L'on y trouve de vrais méchants, à l'image du maléfique roi Galbatorix et des Ra'zacs, ainsi qu'une pléiade d'autres créatures monstrueuses. Au milieu de cette faune, l'on croise également Angela, herboriste et diseuse de bonne aventure, ainsi que Solembum, son chat-garou. Eragon et Saphira communiquent par télépathie. Tout comme la princesse elfe Arya converse mentalement avec Eragon.

On trouve des Dragonniers dans bon nombre d'autres romans de fantasy. Dans le livre de Cornelia Funke, *Le Cavalier du dragon*, par exemple. En voici l'histoire : dans la Chine ancestrale, au temps de la dynastie Han, la légende veut que les dragons soient chevauchés par des humains immortels. Dans les esprits, ils sont intimement liés aux nuages, aux mers, aux lacs et aux rivières[3]. Et si quelqu'un chevauche une telle créature, cela signifie qu'il est en parfaite harmonie avec la nature et, de ce fait, qu'il vivra éternellement. Dans le célèbre *Seigneur des Anneaux* de J. R. R. Tolkien, Frodon croise la route d'un spectre chevauchant un dragon. On l'aura compris, les exemples de Dragonniers sont innombrables.

Anne McCaffrey, probablement la reine des romans de fantasy consacrés aux dragons, avec la fameuse série de *La Ballade de Pern*, explique sur son site Internet comment elle eut l'idée de dragons serviables et bienveillants, capables de télépathie et de relations profondes, voire symbiotiques, avec les humains. Elle raconte : « Aux alentours de 1967 (…) il fallait que je développe l'idée d'une planète qui avait besoin de constituer une force aérienne renouvelable pour faire face à une menace non identifiée. C'est ainsi que m'est venue l'idée de Pern, des Fils, des dragons, et des humains liés les uns aux autres de manière symbiotique durant leur vie entière. Il est plutôt plaisant d'avoir un partenaire intelligent qui vous aime quoi qu'il arrive. Qui ne rêve pas d'avoir un dragon télépathe haut de douze mètres comme meilleur ami[4] ? »

Dans la série *La Ballade de Pern* (pas moins de quatorze livres ont déjà été publiés à ce jour), les Dragonniers sont choisis en fonction de leur aptitude à communiquer mentalement avec de gigantesques dragons doués de conscience. L'amitié indéfectible et le lien intime réunissant les Dragonniers et les dragons débutent dès l'éclosion des créatures. Vous avez déjà lu ça quelque part, n'est-ce pas ? Eh oui, c'est exactement ce qui arrive dans *Eragon*, lorsque Saphira brise sa coquille et se lie d'amitié avec le héros.

3. www.east-asian-history.net
4. www.annemccaffrey.net

Il existe même une chanson populaire, intitulée « Puff le dragon magique[5] », qui fait référence à un jeune garçon chevauchant un dragon. Dans la chanson, « Jackie faisait le guet, perché en haut de la gigantesque queue de Puff. »

Eragon, premier tome de la trilogie de Christopher Paolini, est parsemé de courses effrénées, d'enlèvements, de péripéties, de combats à l'épée ou au poing, de rois nains, d'étranges magiciens chauves, et aussi d'amitié et d'amour. C'est un roman complet et rondement mené, plein d'intrigues et de sous-intrigues, tout en intégrant des dizaines de lieux et de personnages. En d'autres termes, *Eragon* possède toutes les caractéristiques du conte épique, y compris les grands espaces et les grands sentiments.

Selon moi, l'un des aspects les plus divertissants d'*Eragon* est le personnage de Saphira, la dragonne. Bien évidemment, les dragons ont déjà hanté les pages d'un nombre incalculable d'ouvrages de fantasy. Mais, lorsqu'un auteur est vraiment doué, sa façon de les présenter est absolument unique. Dans *Eragon*, Saphira est adorable dès le début, et les lecteurs ne peuvent que se réjouir de la voir grandir en même temps que son ami humain. Il lui faut du temps avant de cracher du feu et de voler correctement. Mais elle finit par progresser très rapidement et, plutôt que d'arriver aux genoux d'Eragon, voici qu'elle s'impose comme une créature titanesque de la taille d'un avion. Eragon lui confectionne un harnais qui s'adapte en fonction de sa croissance, et la description de ce harnais et de la manière dont il est fabriqué est absolument fascinante. Non moins intéressante est la façon dont Saphira se nourrit. Elle pourrait, à n'en pas douter, s'offrir tout un troupeau de bovins comme petit encas du soir. Pour finir, j'apprécie au plus haut point la manière dont Saphira prend soin

5. Écrite par Peter Yarrow et Leonard Lipton en 1963.

d'Eragon. Ce sont de véritables amis. Saphira se fait réellement du souci pour lui – exactement comme une mère, une sœur ou un frère jumeau. De son côté, Eragon se dévoue corps et âme à sa dragonne et la dissimule à tous ceux qui pourraient lui faire du mal. Ensemble, ils apprennent à voler et à faire le bien autour d'eux ; c'est cet aspect d'*Eragon* – la relation complexe et magnifique entre les deux héros – que, de loin, je préfère.

Le jour de la sortie américaine de *L'Aîné*, le 31 août 2005, je me suis précipitée chez mon libraire pour en acheter un exemplaire. J'avais hâte d'en savoir un peu plus au sujet d'Eragon, de Saphira et de leur monde. Eragon allait-il tomber amoureux de la princesse Arya ? Les Urgals allaient-ils massacrer d'autres villageois ? Galbatorix allait-il battre Eragon et maintenir son pouvoir maléfique aux quatre coins de l'empire de l'Alagaësia ? Et qu'advenait-il de Saphira : était-elle saine et sauve, gagnait-elle de nouveaux pouvoirs et, le plus important, restait-elle au côté d'Eragon ?

Le deuxième tome de la trilogie de « L'Héritage », *L'Aîné*, fait presque huit cents pages. Je l'ai pourtant dévoré en moins d'un week-end. Eragon y prend davantage l'apparence d'un elfe. Ce qui s'avère plutôt utile, sachant qu'il est en train de tomber amoureux de la princesse Arya. Les Urgals ont tué la grande majorité des trolls et Eragon doit venir en aide à tous, y compris aux elfes et aux nains. Notre jeune héros finit même par étudier aux côtés de ces derniers, et y gagne en pouvoirs magiques et en techniques de combat. Nous rencontrons également une sorcière, Trianna, croisons une nouvelle fois le chemin d'Angela l'herboriste, et en apprenons un peu plus au sujet des nains. La plupart de ces nouvelles informations sont issues du folklore, de la même manière que de nombreux détails concernant les dragons sont généralement connus et repris par de nombreux autres romanciers. Par exemple, les nains sont très souvent présentés comme des mineurs vivant au fin fond de cavernes et de tunnels souterrains. Dans *L'Aîné*, nous découvrons également que le monde d'Eragon fut, il y a bien longtemps, peuplé de géants et qu'il fut créé lors d'un événement fondateur dont nous reparlerons un peu plus tard dans ce livre.

L'on y croise aussi des dragons, un corbeau blanc semblable à celui d'Edgar Allan Poe (n'ayez crainte, nous étudierons en détail chacun de ces sujets) et même un autre dragon, Glaedr, qui se liera d'amitié avec Saphira. Nous faisons la connaissance d'un arbre Menoa, niché au cœur des bois elfes, et qui a la particularité d'être doué de conscience et intelligent. Un bébé béni par Eragon détient également des pouvoirs magiques, arborant sur son front la marque du dragon. Pas de doute, il s'agit là d'un futur Dragonnier.

Lors de nouvelles aventures, Eragon se rapproche des elfes et acquiert davantage de pouvoirs magiques, tout en intensifiant sa capacité à faire corps avec la nature qui l'entoure. Plusieurs nouveaux personnages nous sont présentés, parmi lesquels des nains, des dragons, des elfes et des fées. Les questions relatives à l'âme et au corps, aux spectres et aux sorciers sont abordées, ainsi que des thèmes plus profonds, comme la façon dont le monde lui-même fut créé. À la fin, nous apprenons même qu'Eragon n'est autre que le fils de Morzan. Rappelons que ce Morzan aurait combattu contre les Dragonniers au côté du maléfique Galbatorix. Quant à Murtagh, il serait également l'un des fils de Morzan, mais l'on découvre qu'il a dénoncé son père avant de tomber sous le joug du terrible Galbatorix.

En d'autres termes, l'intrigue se révèle des plus touffues. Et les exemples dont je vous parle sont autant de friandises à se mettre sous la dent. Encore une fois, je suppose que vous avez déjà lu *Eragon* et *L'Aîné*, et que vous souhaitez désormais approfondir vos connaissances sur la magie et le fantastique omniprésents dans les deux premiers tomes de la trilogie.

Ce guide est là pour ça. Il revient en détail sur chacune des créatures croisées au fil des pages d'*Eragon* et de *L'Aîné*. Nous jetterons un coup d'œil amusant dans le monde des elfes, des nains, des géants et des dragons, et tenterons de savoir ce qu'est la magie, et si elle existe vraiment. Nous nous pencherons également sur les Dragonniers du passé, ceux des contes de fées et des histoires nées sous la plume d'auteurs célèbres. Existe-t-il des elfes et des nains semblables à ceux d'*Eragon* et de *L'Aîné* ? Les plantes possèdent-elles une sensibilité ? Sont-elles capables de « penser » ? Est-il possible de se déplacer instantanément d'un lieu à un autre, procédé communément appelé téléportation ? Et pouvons-nous soigner toutes les blessures et toutes les maladies en s'aidant uniquement des remèdes d'Angela l'herboriste ?

Voilà un petit aperçu des innombrables sujets que nous traiterons dans ce livre. Parallèlement, nous ne cesserons de nous intéresser au destin d'Eragon, le personnage principal, et à sa fidèle compagne Saphira, la dragonne cracheuse de feu. Au fait, avez-vous remarqué que le mot « Eragon » ressemble à s'y méprendre au mot « dragon », à ce détail près que le D initial a été remplacé par un E ? Et vous êtes-vous rendu compte que le nom « Saphira » comprend le mot anglais *fire* (« feu ») ?

Laissez-moi enfin vous faire part d'une petite trouvaille, dénichée lors de l'écriture de cet ouvrage : bon nombre de scientifiques pensent que des dinosaures à plumes ont existé. Tout porte à croire que les peuples de l'Antiquité prenaient ces créatures pour des dragons. Avant de me plonger au cœur de l'univers d'*Eragon* et de *L'Aîné*, j'ignorais que l'évolution des dinosaures était liée à celle des oiseaux – ne vous en faites pas, je vous en dirai un peu plus sur ce sujet dans le chapitre intitulé « Au feu ! Saphira et les dragons » –, tout comme j'ignorais que le folklore autour des dragons avait débuté il y a si longtemps.

J'ose espérer que vous apprendrez un tas de choses nouvelles et intéressantes dans ce livre. Vous pouvez d'ores et déjà considérer cet ouvrage comme une sorte de guide d'exploration consacré à *Eragon* et à *L'Aîné*. J'espère surtout que vous vous amuserez en approfondissant vos connaissances sur les contes populaires, les nains, les elfes et la magie, et que vous prendrez grand plaisir à lire les prochains romans de Paolini et à voir le film.

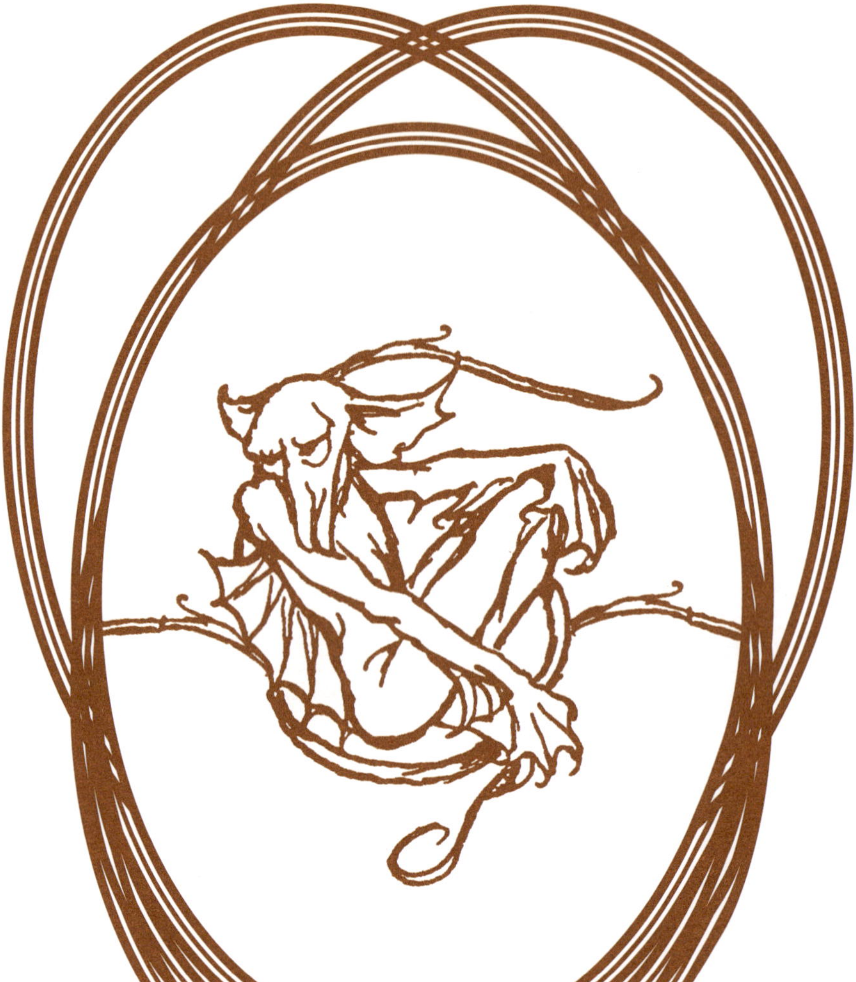

Pourquoi ces oreilles pointues ?
Eragon et les elfes

Oreilles pointues

Les elfes ont les oreilles pointues. Eragon aussi. Cela signifie-t-il pour autant qu'Eragon est un elfe ?

Peut-être bien que oui. Peut-être bien que non. Seul Christopher Paolini connaît la réponse. Ce qui est certain, c'est qu'à la toute fin de *L'Aîné* nous sommes à peu près sûrs qu'Eragon s'est mué en elfe. Il pense comme un elfe. Il est amoureux d'une elfe. C'est donc un elfe, non ?

MAIS QU'EST-CE QU'UN ELFE, EXACTEMENT ?

Les elfes sont généralement classés dans la catégorie des fées, et on les trouve dans un nombre incalculable d'ouvrages, allant des contes de fées (quelle surprise !) au *Seigneur des Anneaux* et aux ouvrages de J. K. Rowling, en passant par les pièces de théâtre nées de l'imagination débordante d'un certain William Shakespeare, éminent auteur dramatique anglais que vous étudierez certainement au lycée.

On apprend dans *Eragon* qu'un elfe aurait, il y a bien longtemps, tué un dragon, entraînant ainsi une guerre entre les elfes et les dragons. La légende raconte également que cette guerre aurait fait rage durant de nombreuses années. Jusqu'à ce qu'un elfe, également baptisé Eragon (non, non, rien à voir avec notre Eragon !), tombe nez à nez avec un œuf de dragon. Il aurait attendu que la coquille se brise, puis se serait lié d'amitié avec le bébé dragon. Ensuite, il aurait élevé la créature et appris à toutes et à tous comment vivre en harmonie. Traduction : les dragons, les hommes et les elfes vécurent tous en paix pendant des millénaires. Quant aux Dragonniers, garants de cette sécurité, ils protégeaient et surveillaient les terres.

Dans la trilogie du *Seigneur des Anneaux* de J. R. R. Tolkien, un humain nommé Aragorn (ça sonne comme « Eragon », vous ne trouvez pas ?) instaure une alliance entre les elfes et les hommes qui leur permet de vaincre les forces maléfiques. À l'instar de l'Eragon de Paolini, l'Aragorn de Tolkien dispose d'impressionnants pouvoirs magiques et possède ce don singulier de savoir réunir plusieurs espèces, dont la plupart existent depuis la nuit des temps. Pour la petite histoire, le père d'Aragorn est mort lorsque ce dernier n'était encore qu'un bébé. Son mentor est un elfe baptisé Elrond. Il est intéressant de noter qu'Eragon n'a pas vu son père depuis la petite enfance et qu'il acquiert également ses pouvoirs magiques grâce à un maître elfe.

Chez Tolkien, la véritable identité d'Aragorn – il est le descendant direct d'Elendil, fondateur des royaumes, ainsi que d'Elros Tar-Myniatur, tout premier roi d'Elendor – est tenue secrète pendant très

longtemps. En réalité, elle est tellement gardée secrète qu'il lui faut attendre l'âge adulte pour connaître ses ascendants. L'identité d'Eragon est également tenue secrète pendant de nombreuses années, si secrète qu'il n'apprend l'identité de ses ancêtres qu'au sortir de l'adolescence. Plutôt troublant comme parallèle, n'est-ce pas ?

Lorsqu'il est jeune homme, l'Aragorn de Tolkien tombe amoureux d'Arwen, reine du royaume réunifié d'Arnor et de Gondor. Arwen est aussi belle que son ancêtre Luthien Tinuviel, considérée comme la plus belle de toutes les elfes. L'Eragon de Paolini, quant à lui, s'éprend de la magnifique princesse elfe Arya. Aragorn et Arwen, Eragon et Arya : les noms et les situations ont comme un petit air de ressemblance, vous ne trouvez pas ?

Si l'on se fie aux écrits de Tolkien, les elfes sont les premiers habitants d'un lieu appelé les Terres du Milieu. Ils sont également supposés être les plus belles, les plus justes et les plus sages des créatures de ce territoire. Les elfes aiment chanter, danser et apprécient toutes les formes d'art. Leurs sens sont bien plus affûtés que ceux des hommes. Ils sont doués de ce que les humains appellent la magie.

SANTA CLAUS ET SES ELFES

De tous les elfes peuplant les contes de fées du monde entier, lesquels, selon vous, sont les plus connus ? J'ai réfléchi à cette petite énigme pendant un certain temps. Puis je me suis souvenue qu'un certain Santa Claus avait pour habitude de faire appel aux elfes durant la période de Noël.

Selon la légende populaire, Santa Claus et Mme Claus habitent au pôle Nord. Autour d'eux gravitent de nombreux elfes, qui confectionnent toutes sortes de jouets et d'objets qui se trouveront au pied du sapin le matin de Noël.

Santa Claus est également connu sous les noms de saint Nicolas, Kris Kringle et, bien évidemment, de Père Noël. Il est inspiré d'un personnage réel appelé saint Nicolas de Myre, un évêque du IVe siècle originaire de l'Anatolie byzantine, devenue depuis la Turquie. Cet homme offrait des cadeaux aux plus démunis. C'est donc ainsi qu'a débuté la fameuse tradition des cadeaux de Noël. Le nom « Santa Claus » provient du mot hollandais Sinterklaa, *qui réunit en un seul personnage l'évêque saint Nicholas et le Père Noël. Le vieil homme à la barbe blanche fit sa première apparition en tant que personnage populaire au XVIIe siècle en Angleterre. Sachez qu'à l'origine le Père Noël ne*

portait pas de costume rouge, mais un costume vert doublé en fourrure.

Plus la légende s'est intensifiée, plus les gens ont commencé à penser que Santa Claus confectionnait lui-même tous les jouets là-haut, au pôle Nord. Seulement voilà, ça fait beaucoup de boulot pour un seul gars ! Alors, les gens s'imaginèrent qu'il était quand même un petit peu aidé. Et, plutôt que de le doter d'usines à jouets, ils préférèrent opter pour l'idée d'elfes fabriquant manuellement la totalité des jouets. D'où le soin et la précision apportés à chaque détail.

Les elfes sont issus d'un folklore répandu à travers le monde, mais ils font plus spécifiquement partie des créatures mythiques de l'Europe du Nord. Ils composent une certaine catégorie de fées dotées d'une très grande beauté, de pouvoirs magiques, de sens surdéveloppés et d'une sagesse ancestrale. L'on trouve bien évidemment des variantes entre les différents contes de fées et récits modernes de fantasy, mais cette description est assurément la plus courante.

Si les elfes forment une catégorie de fées, je me demande où peuvent bien se terrer toutes les autres fées dans le monde d'*Eragon*. Où se cachent donc les farfadets, les lutins, les gnomes et les gobelins ?

Il se trouve que je crois profondément aux fées. Je crois également aux anges et à la possibilité que la porte de mon placard offre un accès direct à un autre univers. Non, non, ne riez pas ! Je ne peux réfuter l'existence des fées, des anges et des portes ouvrant sur des mondes parallèles. Personne ne peut d'ailleurs prouver qu'ils n'existent pas, de même que nous ne pouvons prouver l'inexistence des fantômes, des sorcières et des démons. Qui donc peut se permettre d'affirmer qu'ils n'*existent pas* ? On ne dispose à ce jour d'aucune preuve réelle dans un sens ou dans l'autre. C'est pourquoi, selon moi, il est fort probable que des fées, des anges, des fantômes et d'autres créatures surnaturelles flottent, volent, voltigent, dansent, chantent et vivent dans des mondes dont nous ignorons absolument tout. Il fut bien un temps où nous ne connaissions rien aux particules quantiques, qui constituent les plus petites parties (invisibles) de tout ce qui nous entoure. De même qu'il fut un temps où nous ignorions l'existence même des cellules, du cerveau humain, du cœur et des autres organes internes. Cela ne fait d'ailleurs pas si longtemps que nous les connaissons. Peut-être cent, voire cent cinquante ans. Dans cent à cent cinquante ans, nous en saurons probablement davantage sur le monde qui nous entoure. Nous découvrirons peut-être qu'il existe bel et bien des fées et des anges, voire des fantômes et des goules.

Je connais une femme nommée Gossamer Penwyche qui, dans son livre intitulé *The World of Fairies* (« Le Monde des fées »), écrit : « Je crois en l'existence des fées. Ma conviction est basée sur une foi simple et enfantine qui ne m'a jamais quittée, et une expérience de jeunesse que je n'ai jamais oubliée. » Lorsque Gossamer n'était encore qu'une petite fille, elle avait l'habitude de jouer près d'un torrent jouxtant sa maison. Elle y rencontra un jour des fées pour la première fois. Alors qu'elle était en train de rêvasser, les pieds dans l'eau, un vent violent la fit basculer avant de l'envoyer voltiger. Au même moment, des oiseaux commencèrent à gazouiller, un faucon se mit à pousser un cri strident, puis tout redevint calme. Gossamer Penwyche entendit alors des rires et des chants d'enfants, sans pour autant distinguer quoi que ce soit alentour. Le faucon plongea ensuite à deux doigts de son visage, et elle tomba à l'eau, avant d'entendre les rires moqueurs des enfants. Elle réalisa que plusieurs heures s'étaient écoulées. Elle venait d'être la victime d'un mauvais tour de magie et était convaincue d'avoir entendu le rire et les chants des fées[6].

Mais il s'agit ici de l'expérience d'une seule personne. D'autres individus ont-ils déjà rencontré des fées ?

La célèbre spécialiste des fées Sulamith Wulfing a écrit : « Je puise mes idées dans de nombreuses sources que je peux interpréter comme autant de manifestations de l'existence des fées[7]. »

Les fées sont habituellement représentées dans les livres et dans les peintures comme de minuscules personnages ailés dotés de pouvoirs magiques. Elles sont gentilles et attentionnées. Par exemple, nous connaissons tous la petite souris qui se faufile dans nos chambres, en flottant dans les airs à l'image d'un ange minuscule, pour récupérer les quenottes cachées sous nos oreillers. La marraine, ou la bonne fée, quant à elle, est souvent représentée comme une vieille femme à taille humaine, également pourvue d'ailes et d'une bonté à toute épreuve.

La croyance en l'existence des fées est aussi ancienne que l'histoire de l'humanité. Certaines personnes sont en effet convaincues que les fées sont d'anciens dieux et déesses dont le pouvoir s'est amenuisé avec le temps. C'est pourquoi, selon elles, les fées sont si petites. D'autres affirment que les fées sont les esprits des morts : le mot anglais *sprite*, l'autre appellation des fées, ressemble à s'y méprendre au mot anglais *spirit*, soit « esprit » en français.

---

6. Gossamer Penwyche, *The World of Fairies* (New York, Sterling Publishing Company, 2001).

7. David Larkin, *The Fantastic Art of Sulamith Wulfing* (New York, Peacock/Bantam, 1978).

Partout à travers le monde, de nombreuses religions considèrent les fées comme des anges chassés du paradis, mais pas suffisamment maléfiques pour croupir en enfer. En plus de l'Ancien et du Nouveau Testament, qui composent la Bible, l'on trouve des anges dans le Livre des mormons, le Coran ainsi que dans les manuscrits de la mer Morte.

Selon les croyances de nombreuses religions, Satan refusa de se plier à l'autorité et au pouvoir de Dieu. Il réquisitionna un tiers des anges divins et les propulsa au cœur d'une terrible guerre menée contre tous les anges de la Lumière sacrée, y compris le plus puissant des anges bienveillants, l'archange Michel. Cette histoire est fort célèbre. Elle a même été adaptée au cinéma, avec la trilogie *The Prophecy*, interprétée notamment par Christopher Walken. L'on suppose que les anges qui avaient rallié les rangs de Satan furent chassés du paradis avant de venir vivre sur terre et qu'ils n'étaient pas vraiment maléfiques. Ils manquèrent simplement de clairvoyance et ne furent pas compris. Par conséquent, on ne les tua pas mais ils furent contraints de quitter le paradis pour venir vivre aux côtés des mortels. Certains des anges les plus faibles, pauvres petites âmes perdues, furent pris dans la bataille et, ne possédant que des pouvoirs infimes (en comparaison des archanges et de Satan, etc.), ils se mêlèrent à la foule des anges ayant suivi Satan (vous suivez ?). Et fondèrent ainsi les premières tribus de fées.

En échouant sur terre, ils découvrirent des choses sublimes, comme les arbres, l'herbe, les fleurs et les papillons. Ils furent fascinés par tout ce que la nature leur offrait. Les anges déchus, ou les fées, apprécièrent également les humains et les considérèrent comme faisant partie intégrante de cette même nature. Tout le monde était censé travailler main dans la main, les humains comme les fées, pour faire du monde un havre de paix. Bien entendu, certaines fées furent un peu plus revêches, préférant se cacher au fin fond de cavernes et de tunnels creusés sous la terre, tout en accusant les humains d'être responsables de leur soudaine déchéance. Même si ces fées plus sombres n'avaient pas pour ambition d'anéantir l'humanité, elles se soucièrent tout de même très peu de leurs voisins mortels. Elles s'imaginèrent que, parmi ses millions (voire ses milliards) de péchés, Satan avait refusé de plier genou devant les hommes. Peut-être fut-ce la raison de la guerre entre les anges et du départ précipité des fées du paradis. Et c'est ainsi que ces fées plus obscures prirent pour fâcheuse habitude de ronchonner énormément.

Dans certaines régions du monde, on était persuadé que les fées étaient en réalité des pygmées (ou gnomes). Les peuplades celtes pensaient même qu'elles vivaient dans ce qu'on appelait les monts des fées. Les pygmées ne firent jamais vraiment confiance aux humains, en raison de leur taille élevée, et eurent tendance à les fuir et se cacher. De là vint l'idée que les pygmées vivaient enfouis sous le sol et pénétraient leurs domaines terreux par des entrées dissimulées. Les humains de grande taille fascinaient les fées. C'est pourquoi elles commencèrent à imiter bon nombre de leurs activités. Elles se mirent par exemple à danser, à chanter et à organiser de grandes fêtes… c'est du moins ce que dit la légende.

N'ayez crainte, je ne vais pas tarder à vous reparler d'Eragon et des elfes. Je fais juste un petit récapitulatif pour que vous compreniez mieux d'où proviennent toutes les bribes de folklore présentes dans le roman.

La majorité des gens pensent que les fées sont de simples esprits, et non des anges déchus. Ces esprits sont des manifestations d'âmes et de pensées animales et humaines. Cela signifie que les fées sont créées à partir de l'essence de nos esprits, présente partout autour de nous à tout instant.

Au XVIe siècle, un homme du nom de Paracelse classa les fées en quatre groupes, que nous nommons aujourd'hui esprits ou catégories élémentaires. Les fées évoluant dans les airs sont appelées les *sylphes*, ou *sylphides*. Celles qui vivent sur terre portent le nom de *gnomes* ou *pygmées*. Les fées aquatiques sont les *ondines* et les fées liées au feu sont les *salamandres*. En plus de ces quatre catégories élémentaires, l'on trouve également de nombreux autres esprits naturels, comme l'esprit des glaces, baptisé Jack Frost.

Petite recette pour apercevoir les elfes

Parmi toutes les histoires populaires concernant les elfes, nombreuses sont celles qui expliquent comment les attirer. Disons que vous aimeriez vraiment savoir à quoi ressemble le pays des fées, ou vous lier d'amitié avec une créature comme Eragon ou Arya. Comment pourriez-vous vous y prendre ?

Tout d'abord, vous devez être capable de voir les elfes avant d'espérer pouvoir les fréquenter. Mais ils sont invisibles, n'est-ce pas ? Fort heureusement, il existe des recettes pour les rendre bien visibles.

Avant d'utiliser ces recettes, rendez-vous au cœur de la forêt, dans un endroit calme et paisible où vous aurez une chance de croiser des elfes.

Assurez-vous au préalable qu'il y ait beaucoup de champignons sur lesquels les elfes pourraient être assis à rêver au soleil. Si vous parvenez à dénicher un lieu tranquille, avec de grands arbres et plein de fleurs et de champignons, c'est que vous êtes à mi-chemin du pays des fées. Si vous vous y rendez à l'aube ou encore à minuit, alors vos chances en seront décuplées. Attention, n'entreprenez rien sans être accompagné de l'un de vos parents. Il n'est pas très malin de s'enfouir au cœur d'une forêt profonde, tout seul et qui plus est à minuit ou à l'aube. Si votre père ressemble à un

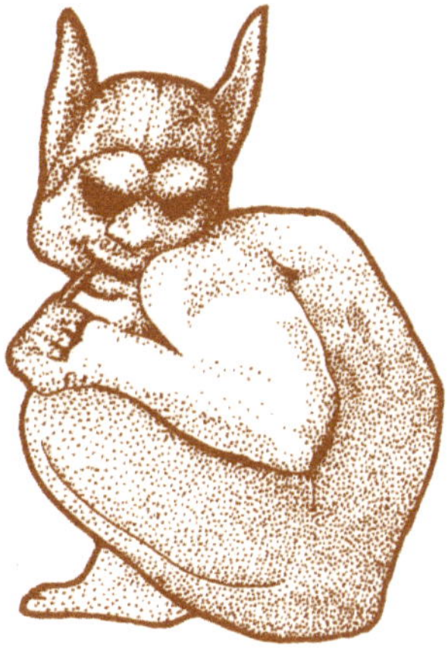

Monsieur Muscle, et qu'il vous accompagne, alors peut-être pouvez-vous pénétrer les bois interdits, fermement accroché à ses basques.

Ces précautions énumérées, voici maintenant les conditions optimales requises pour voir un elfe. Il vous faudra modifier ces conditions pour coller à la réalité.

OK, admettons que vous soyez au beau milieu de la forêt et que le soleil illumine un tapis de fleurs et de champignons. Bien évidemment, vous ne portez aucun objet en fer, *car les fées ne* supportent pas *le fer. Veillez par conséquent à laisser vos chaînes et autres gourmettes rouillées à la maison. Cherchez une pierre avec un trou au milieu. La pierre en question doit ressembler à un beignet. Si vous parvenez à en trouver une, lâchez-la au-dessus des champignons.*

Pour la suite de ce scénario, il faudra vous procurer une fiole remplie d'un onguent féerique et la glisser dans votre poche. Vous devrez avoir préparé cet onguent au préalable et l'avoir gardé sur vous un certain temps. Si l'un de vos professeurs met par hasard la main dessus, dites-lui simplement la vérité, à savoir que la fiole ne contient aucune drogue. Rassurez-le en précisant qu'il s'agit de votre onguent féerique et que vous vous l'appliquez sur les paupières pour mieux voir les fées. Pigé ? C'est un conseil d'amie. Mieux vaut que votre professeur vous prenne pour un fou plutôt que pour un tueur en série.

Je suppose que vous souhaitez connaître la recette de l'onguent dès maintenant, n'est-ce pas ? La voici : ramassez du thym, des soucis et des fleurs de noisetier en boutons (un ingrédient absolument essentiel) ainsi que des baies de houx, et écrasez-les avec quelques trèfles à quatre feuilles. Ajoutez-y de l'huile végétale. Mettez-y enfin les ingrédients secrets. Lorsque les boutons et les trèfles forment une pâte épaisse, ça y est : vous avez votre onguent féerique. Vous pouvez ensuite fourrer la mixture gluante dans une fiole. Si vous ramassez les boutons de fleurs à la pleine lune, sachez que vos chances de croiser des fées ne seront que plus grandes. Notez également que plus vous laisserez reposer l'onguent dans une pièce sombre, plus il deviendra efficace. Donc, si vous êtes réellement en train de préparer cette mixture (ce qui, bien sûr, n'est pas le cas), déposez-la bien à l'abri dans votre cave ou dans un placard humide, comme ceux des vestiaires des gymnases – plus l'atmosphère est moite, mieux c'est –, puis aventurez-vous au cœur de la forêt et appliquez l'onguent sur vos paupières : attendez de voir ce qui se passe.

Vous apercevrez probablement quelque chose. Si c'est une fée, ne clignez pas des yeux, sinon elle disparaîtra. S'il ne s'agit pas d'une fée, c'est que vous êtes en train de devenir aveugle, à cause de cette mixture grasse – sentant le moisi et la pourriture – que vous avez appliquée sur vos paupières.

Personnellement, je préférerais ne pas avoir affaire à cet onguent... Je ne suis pas non plus très fan des aventures dans les bois, à l'aube ou à minuit. Mais si vous souhaitez sincèrement faire ce truc, rappelez-vous bien ce que je vous ai dit : faites-vous accompagner par votre papa, un champion de boxe et une flopée de tontons bûcherons.

Puisque que les elfes font partie de la catégorie des gnomes, nous en parlerons à la fin. Pour commencer, laissez-moi vous en apprendre un peu plus sur les trois autres catégories principales des fées.

Les fées aériennes, à savoir les sylphes, ou sylphides, contrôlent le ciel et sont responsables du souffle des vents. Elles fabriquent les nuages et la neige, et ont tendance à se montrer impétueuses, tout comme le temps. Les sylphes sont des créatures musiciennes, capables de percevoir le moindre petit sifflement véhiculé par les vents. Dans une certaine mesure, elles représentent nos esprits, car elles puisent leur inspiration au cœur même de nos âmes, à partir de l'immense univers qui est le leur. De plus, ceux qui croient aux fées ont tendance à affirmer que les sylphes, et l'air en soi, sont une incarnation de l'esprit. De ce fait, elles sont à l'origine des rêves et sont à l'œuvre dans le système nerveux et le cerveau, chez les humains comme chez les animaux.

Les fées associées au feu, ou salamandres, sont, on l'aura compris, directement responsable du feu : sans elles, c'est simple, les flammes ne pourraient prendre vie. Ces créatures incarnent tous les aspects fougueux de nos personnalités. Elles sont sans peur et possèdent une volonté d'acier. Elles constituent l'essence même de l'esprit brut. Chez les humains et les animaux, elles siègent dans les vaisseaux sanguins et le foie, et influent sur les émotions humaines. Les salamandres ressemblent soit à des lézards, soit à de minuscules boules de lumière au milieu d'une flamme. Un conseil, mieux ne vaut pas trop les titiller.

Supposons que vous surpreniez un lézard rouge et orange dans votre jardin. Le lézard commence à grimper à un arbre, avant de chuter et d'atterrir sur votre gros orteil. Il fait le mort (les lézards font souvent cela, je le sais, car du temps où j'habitais en Californie, il y avait beaucoup de lézards dans notre jardin, qui faisaient les morts pour tromper notre chat). Vous avez donc un lézard, apparemment mort, sur votre gros orteil. Et vous, en parfait abruti, vous ne vous en débarrassez nullement d'un coup de pied. Non, au lieu de cela, vous commencez à faire une petite sieste. Et c'est à ce moment précis que débarque votre ami Justin, de très mauvaise humeur. Justin vient tout juste de casser avec sa petite copine, Britney – attendez, je confonds peut-être avec un autre Justin ! – et il n'arrête pas de pleurnicher. Naturellement, vous vous réveillez et clignez des yeux. Justin est devant vous, en train de balancer des prunes cueillies à même le prunier de l'autre côté de la clôture du jardin. Voilà ensuite qu'il s'en prend aux pommes. Bref, c'est vraiment la pagaille. Et vous, vous avez toujours le lézard – ou plutôt la salamandre – collé au bout de votre gros orteil. Vous vous levez, furieux, secouez votre pied dans l'espoir de faire valdinguer la bête, avant de hurler à Justin : « Arrête de jeter les pommes de ma mère par-dessus la clôture ! » Le lézard ouvre grand sa gueule et avale près de la moitié de votre gros orteil, avant de pendouiller au bout de votre pied dans l'espoir de garder la vie sauve. « Aïe ! Dégage de là ! » Voilà désormais que vous hurlez sur Justin et sur le lézard. Justin croit que vous lui ordonnez de partir. Il commence à vous traiter de tous les noms. Pendant ce temps, votre colère ne cesse de croître. Quant au lézard, il est ravi. Il vient tout juste de monter deux vieux amis l'un contre l'autre. Et, s'il est suffisamment puissant, peut-être bien que Justin pourrait s'embraser comme une torche. Morale de l'histoire : faites gaffe aux salamandres.

Les fées de l'eau sont les ondines, les lutins aquatiques, les sirènes, les nymphes des mers et toutes sortes de créatures aux noms étranges, comme les limoniades, néréides, potamides, oréades et naïades. On trouve ces créatures dans tous les océans, toutes les mers, rivières, lacs, criques et autres lieux où il y a de l'eau. Les ondines ont les vertus apaisantes et sociabilisantes propres à l'eau. Elles ont la capacité de calmer les gens et sont hautement empathiques, dans le sens où elles comprennent ce que nous ressentons, nous connectent les uns aux autres, et insufflent ordre et harmonie dans les rapports humains. Certaines personnes sont intimement persuadées qu'une fée aquatique garde et protège chaque fontaine, chaque crique, chaque chute d'eau. Les ondines sont des créatures dotées d'une extraordinaire beauté et elles ont pour habitude de prendre forme humaine, dans le but d'entrer en contact avec les gens.

Mais intéressons-nous maintenant aux elfes, voulez-vous ? Ils font partie de la quatrième et dernière catégorie de fées, à savoir les gnomes.

Les gnomes incarnent l'élément terre et sont fascinés par la manière dont se transforme la matière. Ils peuvent prendre le nom de dryades (ou trois esprits), d'hamadryades, de lutins, d'elfes, de pygmées, de satyres, de Pans ou de gobelins. Ils sont principalement associés aux rochers, aux pierres, aux plantes, aux minerais et aux pierres précieuses. Les magiciens font bien souvent appel aux gnomes, car ces derniers savent comment transformer un métal en un autre métal, manipuler un objet pour qu'il se déplace, et ainsi de suite.

En tant qu'esprits de la nature, les elfes constituent l'une des forces de l'élément terre. Dans *Eragon*, les elfes fournissent aux Dragonniers des épées spéciales. La méthode de forge de ces armes spécifiques est tenue secrète. Ce qui est plutôt logique sachant que les elfes, qui font communément partie des gnomes, accordent énormément d'importance au phénomène de transformation des éléments naturels. La forge implique une mutation du matériel de départ, avant qu'il ne devienne une épée unique. Souvenons-vous que l'épée d'Eragon, baptisée Zar'roc, est iridescente et scintille comme de l'eau dès que Saphira l'effleure. En d'autres termes, Zar'roc est dotée de pouvoirs surnaturels et provient d'une sorte de métal magique.

Les elfes sont également les gardiens des espaces naturels comme les forêts. Ils protègent la nature, ainsi que toutes les créatures de la vie sauvage. Ils forment vraiment le Beau Peuple et sont bien plus fins, mentalement et physiquement, que les humains. Leurs yeux sont très légèrement bridés, ils sont pourvus d'oreilles pointues et sont extrêmement intelligents. Grâce à leurs dons impressionnants concernant tout ce qui touche à la nature et à la magie, ils sont capables de saisir toutes les manifestations spirituelles qui les entourent, comme si les esprits vibraient dans l'air. Ils sont plus petits que les humains et ont des traits plus délicats. Enfin, ils vivent dans des sociétés dirigées par un roi, ou une reine, et leurs communautés contrôlent le cours des saisons et les forces naturelles.

PETITE RECETTE POUR ATTRAPER UN ELFE

Si vous avez réussi à concocter la recette servant à apercevoir les elfes, cela signifie que vous êtes un authentique « chasseur » d'elfes. Vous êtes donc tout à fait capable de préparer les onguents qui vous permettront de les attirer.

Mais avant cela, petit avertissement : vous allez avoir l'air ridicule et risquez de sentir fort mauvais. Vos amis vont assurément se moquer de vous, à condition, bien entendu, d'avoir encore des amis une fois que votre corps sera recouvert de ces pommades nauséabondes. Il se peut même que l'on vous chasse de l'école. Alors mieux vaut informer au préalable le principal du collège ou du lycée, au moins trois douzaines de tontons bûcherons, ainsi que votre maman et votre grand-mère, avant de vous lancer dans la partie. Et puis non, ne tentez rien de toute façon.

Phase numéro 1*. Étalez de la résine d'ambre sur vos poignets. Faites bien attention, car l'ambre attire également les nains, en plus des elfes. Et vous pourriez vous retrouver avec toute une troupe d'irascibles petits bonshommes collés à vos basques en pleine salle de classe.*

Phase numéro 2*. Enduisez vos joues de sève de chèvrefeuille. Les fées des bois se jetteront sur vous. D'un autre côté, les abeilles auront égale-*

ment tendance à vous prendre pour une ruche ambulante, alors un conseil, soyez prudent.

***Phase numéro 3**. Frictionnez-vous les cheveux avec du jus de citron. Ignorez vos amis qui commencent à vous surnommer « jus de fruits » en vous pointant du doigt, complètement hilares. Qu'est-ce qu'ils en savent, hein ? Si l'idée leur venait de faire comme vous, eux aussi pourraient voir des elfes, et toc !*

***Phase numéro 4**. Étalez une mixture composée de santal, de patchouli, de roses et d'essence de pin, partout sur vos bras et sur vos pieds. Le santal avertira les elfes que vous croyez aux métamorphoses et à la guérison par la magie. Quant au patchouli, il leur confirmera votre foi dans leur mode d'existence et votre*

sympathie. La rose est l'une des fleurs préférées des elfes, et la plupart d'entre eux savent immédiatement en reconnaître le doux parfum. Enfin, l'essence de pin les incitera à s'approcher, car les elfes sont attirés par tout ce qui leur rappelle la forêt.

Et je continue à vous mettre en garde (mais ça, je suis convaincue *que vous l'avez déjà remarqué), et à vous rappeler qu'il faut vous faire accompagner par tous les professeurs, parents, principaux de collège et tontons bûcherons que vous connaissez. Pourquoi est-ce que j'insiste sur ce point ? C'est très simple : si vous voulez sentir tout un tas de vilaines odeurs dues à tout un tas de mixtures bizarres et vous verser du jus de citron sur les cheveux, c'est votre choix. Mais ne m'en voulez pas si les choses tournent mal. Exigez simplement de vous faire accompagner par toutes les personnes qui vous sont chères avant de vous lancer en quête des elfes. Faites appel au big boss de la société internationale des docteurs*[8]*. Réquisitionnez tous les rois, reines, présidents et ministres que vous voulez. Et débrouillez-vous pour obtenir le feu vert de Christopher Paolini. Alors dans ce cas, et seulement dans ce cas, peut-être serez-vous assez en sécurité pour poursuivre l'aventure.*

8. Il n'existe aucune société de ce nom. Je l'ai inventée.

En quoi le folklore populaire se rapproche-t-il d'*Eragon* ? Gardez bien à l'esprit que c'est ainsi que sont décrits les elfes dans la plupart des ouvrages consacrés aux fées, ainsi que dans les histoires orales narrées partout dans le monde. La ressemblance est frappante, n'est-ce pas ?

Dans *Eragon*, Arya est la princesse de tous les elfes et sa mère se nomme la reine Islanzadi. Quant à Eragon, il est amoureux d'Arya et finit même par prendre l'apparence d'un elfe au fil des récits d'*Eragon* et de *L'Aîné*. Arya comme Eragon ont les oreilles pointues, les yeux légèrement bridés, et sont extrêmement intelligents. Encore plus frappant, Eragon en vient même à rétrécir physiquement pour ressembler davantage à un elfe, à mesure que s'opère sa métamorphose. À la fin de *L'Aîné*, Eragon est capable de percevoir les esprits et les vibrations dans l'air partout autour de lui.

Mieux, dans *L'Aîné*, Eragon pénètre littéralement dans le pays des fées. Contrée que je décrirai dans un instant. Saphira lui apprend que la forêt constitue une entité vivante et que les elfes possèdent davantage de pouvoirs magiques que les humains, les nains ou n'importe qui d'autre. Eragon découvre également que la beauté des elfes est bien supérieure à celle des humains. De fait, ses cheveux ne tardent pas à prendre une teinte elfe lustrée et chatoyante « comme le plus fin rayon du soleil ». Eragon finit par se convaincre qu'il ressemble à un principicule[9], et on apprend même que sa peau émet « une faible lueur, comme un lustre de magie ».

9. Souverain d'un État minuscule.

Dans le monde réel, les experts des légendes populaires décrivent les elfes comme le Beau Peuple. Il en va de même dans le monde d'Eragon. Dans *L'Aîné*, Oromis apprend à Eragon que les elfes sont appelés ainsi car ils sont amoureux de la beauté sous toutes ses formes et s'efforcent de se montrer parfaits en toute occasion. Leurs pouvoirs magiques leur permettent même d'influer sur les choses vivantes, et pas seulement sur la forêt, les roches et les minéraux.

Autre parallèle entre les elfes présents dans *Eragon* et ceux des légendes populaires : dans *Eragon*, seuls les elfes connaissent leur propre nom. Cela perpétue la tradition véhiculée par le folklore.

Les mots « fée », « féerie » ou encore « féerique » proviennent de l'ancien mot français *faes* qui, lui, est dérivé du mot latin *fata*. Il y a bien longtemps, vers le XIIIe siècle ou quelque chose comme ça, on avait recours au mot « fée » pour désigner toutes les entités spirituelles dans les contes. Ces entités vivaient dans un perpétuel état d'enchantement. Elles pouvaient procurer des bienfaits aux individus ou, au contraire, leur jeter de terribles sorts. Effrayés par ces fées capables de sombres maléfices, les gens avaient pour habitude de ne jamais prononcer leur nom. Ils se contentaient de donner à toutes l'appellation de « fées », ou encore de les décrire comme faisant partie du Bon Peuple.

Au XIXe siècle, un groupe de personnes baptisées les spiritualistes divisèrent les fées en deux catégories. La première catégorie comprenait les esprits de la nature, liés aux arbres, aux rivières, aux lacs et ainsi de suite. La seconde englobait toutes les fées semblables à des anges qui flottaient quelque part entre la pensée et la matière.

Au tout début du XXe siècle, un certain Charles W. Leadbeater s'inspira de la théorie de l'évolution de Charles Darwin pour classer les fées de la même manière que les scientifiques classaient les animaux et les plantes. Selon sa théorie, le pays des fées se divisait en sept zones distinctes. Il affirmait également que les fées avaient occupé l'Angleterre bien avant que les hommes ne s'y établissent. Toujours d'après Leadbeater, les humains avaient pris le contrôle de l'Angleterre et chassé les fées, qui furent par conséquent contraintes d'évoluer. C'est pourquoi elles se mêlèrent d'abord à l'eau avant de prendre la forme du mucus et des bactéries puis, plus tard, des reptiles, des oiseaux et, au final, des entités spirituelles. Une fois atteint ce haut niveau de spiritualité, et devenues des fées à part entière, ces créatures s'associèrent à l'air, à la terre, à l'eau et au feu. Elles évoluèrent ensuite pour prendre l'apparence d'anges et exister en tant qu'esprits solaires.

Outre ces croyances autour de fées ressemblant à des anges, à des esprits ou à des hommes, certaines personnes pensaient que les fées s'apparentaient à des papillons et étaient physiquement constituées d'une matière encore plus légère que l'air. C'est pourquoi les fées sont invisibles, sauf sous une très faible lumière. Ces personnes croyaient que ces mêmes fées reliaient les plantes aux rayons du soleil. Sans les fées, impossible pour une plante de pousser.

Même certains médecins ont une opinion au sujet des fées. Franz Hartmann, par exemple, semblait convaincu de l'existence de fées non seulement dans la nature mais aussi à l'intérieur des êtres humains. Selon lui, les fées aidaient nos corps à fonctionner correctement.

Il y a bien longtemps, les Gallois étaient persuadés que le royaume des fées se trouvait au nord du pays de Galles, là-haut dans les montagnes. Plus tard, ils crurent que le pays des fées se trouvait sur une péninsule rocheuse, avant d'opter *in fine* pour une île. Certains marins auraient d'ailleurs aperçu cette île, avant d'affirmer que celle-ci avait tout bonnement disparu. Les Britanniques appellent ce lieu l'île de Man. Les Irlandais le nomment Hy Breasail.

De toutes les îles féeriques, Avalon est la plus connue car c'est sur cette île que le roi Arthur fut trouvé, mortellement blessé. L'histoire du roi Arthur et des chevaliers de la Table ronde est d'ailleurs fort célèbre.

Lorsque Eragon pénètre dans le pays des fées, il découvre un univers où l'espace et le temps diffèrent fortement des nôtres. Les sens d'Eragon deviennent plus affûtés, comme c'est le cas pour quiconque met un pied dans le pays des fées. Du moins, c'est ce qu'affirment les spécialistes.

On a émis l'hypothèse selon laquelle le pays des fées se situerait juste derrière une porte naturelle cachée quelque part – pourquoi pas dans mon placard ? Ou dans le vôtre ? En fait, les fameuses *Chroniques de Narnia* de C. S. Lewis suggèrent qu'il existe des portes reliant les différentes dimensions, dissimulées dans une armoire. Dans les sept livres de Narnia, une guerre titanesque fait rage dans un monde magique peuplé d'humains, de nains, de sorcières et d'autres créatures. Les livres de Narnia ont conduit de nombreux lecteurs à se demander s'il existait bien des portes ouvrant sur d'autres mondes. L'entrée pour le pays des fées se situerait-elle entre des monticules de roche et ou des vallées creusées ?

Aux yeux de certains, les portes qui mènent au pays des fées se situent là où les forces naturelles sont les plus puissantes. Ce pays serait une nouvelle dimension de notre propre univers. Datant d'environ 3 500 ans avant J.-C., et situées à Carnac, en Bretagne, plusieurs milliers d'immenses pierres préhistoriques sont disposées selon une configuration bien précise : un dolmen clôt chaque alignement de pierres. Les dolmens sont des sortes d'énormes tables de pierre, ou de gros cailloux, souvent associés les uns aux autres et empilés pour former des tombes. Ils sont considérés comme des passages donnant accès au monde des morts. Ces passages, ou ces portails, sont souvent gigantesques. Et il est commun de penser qu'ils mènent directement au pays des fées.

Pour revenir à l'histoire d'Avalon, cette île fait partie d'une sorte de monde féerique très complexe intimement lié à la légende du roi Arthur. Pour faire court, il existait, selon la légende, une entrée pour le pays des fées à Glastonbury Tor dans le Somerset. Un roi des fées, également seigneur de l'au-delà connu sous le nom de Gwynn ap Nudd, gardait cette entrée. Gwynn ap Nudd résidait dans un palais à l'intérieur du Tor, entouré de magnifiques fées au pied de son trône doré. Ce personnage de Nudd a très longtemps été associé au roi Arthur.

La légende gagna en complexité au fil du temps. D'après certaines théories, la véritable entrée menant au pays des fées se situerait quelque part au beau milieu de la mer. Il existerait même une île qui pourrait bien mener jusqu'à lui. Le mont Saint-Michel fut, à une certaine époque, considéré comme le site en question. Tout comme l'île d'Aran, située entre l'Irlande et l'Écosse. C'est sur cette île que se serait trouvé ce qu'on appelle le chaudron d'abondance, souvent considéré par les spécialistes comme le Saint-Graal.

Sans trop rentrer dans le débat quant à l'origine du Saint-Graal, ce qu'il fut et son rapport avec le pays des fées, rappelons juste que tous ces thèmes furent abondamment développés dans les poèmes anciens. On y trouvait en effet de riches descriptions de lieux fort semblables au pays des fées. Dont une description d'Avalon, l'île sacrée du roi Arthur.

Avalon était censée être à Glastonbury. À l'heure actuelle, Glastonbury Tor n'est plus une île. Il est désormais ancré dans les terres, mais la mer demeure toujours très proche.

Quelques amoureux des fées ont noté, à juste titre, que le terme écossais *Elfame* (ou *Elfhame*, qui signifie « maison des elfes ») était utilisé pour désigner le pays des fées dans les très vieilles légendes écossaises. Les chemins menant au pays des fées sont extrêmement bien gardés et obéissent à des lois établies par le Conseil des Anciens et la cour Seelie.

Selon la légende, les fées vivent dans deux types de communautés, en fonction de leurs goûts personnels et de leur manière d'entrer en communication avec les humains. Les fées pacifiques, qui s'occupent de leurs propres affaires et causent peu de dommages, résident dans ce que l'on nomme la cour Seelie. Elles investissent souvent les forêts et les champs où elles dansent parmi les fleurs et les fougères, festoyent et chantent. Les fées représentant un danger pour les humains vivent, quant à elles, dans la cour Unseelie, gouvernée par l'obscure reine Nicnivin. Cette dernière catégorie de fées peuple les étendues sauvages et doit être évitée à tout prix.

De nombreuses légendes scandinaves évoquent l'existence d'elfes de lumière, ou liosalfars, habitant quelque part au-dessus des cieux et réputés pour leur compassion et leur gentillesse. Les elfes obscurs, ou dockalfars, vivent quant à eux sous la terre et possèdent toutes les caractéristiques de très vilaines et méchantes créatures. D'après la légende populaire, les elfes sont plutôt de grande taille comparés à la plupart des fées, si petites qu'on peut à peine les voir. Ils mesureraient entre 1,20 et

1,75 mètre, voire plus. Ils sont fins, ont les traits délicats, et de grands yeux de couleur magnifique.

Toujours selon le folklore populaire, les elfes de lumière ne peuvent être aperçus qu'à certains endroits où la nature reste préservée. Ils jouent de la musique et sont éperdument amoureux des arts. Les vieux elfes sont plus sages et encore plus beaux et raffinés que les jeunes. Les elfes sont également calmes et patients, et vivent très longtemps. Toutes ces descriptions des elfes de lumière pourraient aisément se référer aux elfes que l'on croise dans *Eragon.*

Le fait que les elfes d'*Eragon* et de *L'Aîné* s'inspirent des anciennes légendes n'atténue en rien notre plaisir à la lecture des deux romans. Mieux, cela accroît notre intérêt pour les livres de Christopher Paolini. En effet, l'on est heureux de voir ce que de nouvelles histoires peuvent apporter aux légendes ancestrales, et il est également amusant de suivre les aventures de personnages aussi forts et romanesques que le jeune Eragon.

Au feu !

Saphira et les dragons

Qui est à la fois énorme, couverte d'écailles, féroce et câline ? Et vous ai-je aussi dit qu'elle crache du feu et peut probablement avaler tout un troupeau d'antilopes au petit déjeuner ?

Je parle évidemment de Saphira, mon personnage préféré d'*Eragon* et de *L'Aîné*. Elle est douce, loyale, brillante et drôle. Elle ressemble un peu à votre chien, mais en mieux. Elle peut converser avec vous par télépathie. Bref, Saphira a tout du parfait animal de compagnie.

Très tôt dans *Eragon*, notre jeune héros (qui s'appelle également Eragon) prend plaisir à écouter les histoires de magie et de Dragonniers des troubadours. Il s'assied bien gentiment pour entendre le chant des conteurs au sujet des dragons qui protègent les hommes et leurs alliés, les elfes et les nains, depuis la nuit des temps. Il écoute comment les Dragonniers (des hommes d'une grande noblesse, soit dit en passant) tombèrent sous la domination du roi Galbatorix, qui gagna ses galons de sorcier maléfique auprès d'un très méchant lascar baptisé l'Ombre. Galbatorix déroba un dragon noir à peine éclos de sa coquille et, accompagné de Morzan, rassembla un groupe de Dragonniers afin d'exterminer tous les autres Dragonniers et les elfes. Une guerre terrible éclata, anéantissant les dragons, tout comme les Dragonniers.

Telle est l'histoire dont raffole Eragon. Elle n'est pas jolie jolie. À vrai dire, elle est même carrément horrible, voire totalement déprimante. Oui, mais elle nous narre les aventures de ces héros majestueux, courageux et hardis que sont les Dragonniers. Elle évoque aussi les dragons, ces créatures ancestrales loyales et adorées. Nous comprenons donc aisément pour quelles raisons Eragon apprécie cette histoire : elle titille sa soif d'aventures.

Miracle, c'est à ce moment précis qu'apparaît Saphira. Eragon découvre la pierre. Saphira s'en extrait en la brisant, avant de cracher du feu sur le jeune garçon, scellant ainsi une chaleureuse amitié. Un ovale blanc fait alors son apparition dans la paume d'Eragon, et ce dernier y ressent instantanément l'esprit de Saphira. Tout cela se déroule très vite. Plus tard, la dragonne touche l'épée qui prendra le nom de Zar'roc et, à son contact, l'arme se met à scintiller et à briller de mille couleurs. En d'autres termes, Saphira dote l'épée de pouvoirs magiques.

Puis la dragonne se met à ronronner et vient se blottir contre Eragon, tandis que de la fumée s'échappe de ses narines alors qu'elle s'endort entre ses bras. C'est une image magnifique, comme celle d'un petit garçon avec son chaton. Quant au lecteur, il s'éprend instantanément de Saphira. Elle incarne le parfait petit animal de compagnie, mais également une amie fidèle et dévouée.

Intéressons-nous à présent aux dragons en général. Qui sont-ils exactement et d'où viennent-ils ? Sont-ils réels ?

Le dragon des récits de fantasy n'est que cela : de la fantasy. Bien sûr, ce n'est pas comme si un chevalier extrêmement affaibli après, disons, vingt-cinq jours passés à errer dans le désert, était sujet à des visions, au point de prendre son cheval pour un monstre ailé et cracheur de feu. Ce n'est pas non plus comme si un homme des cavernes s'assommait lui-même avec sa massue et, tout en s'évanouissant, croyait voir un monstre à écailles avec une queue pointue.

LES PREMIERS HUMAINS

Petit récapitulatif : les dinosaures volants vécurent sur terre il y a entre 65 et 135 millions d'années. Les premiers humains (à ce que nous en savons) firent leur apparition il y a environ 3,5 millions d'années.

*Des anthropologues ont découvert les plus anciens squelettes humains à Hadar, Olduvai, Laetoli, ainsi que dans d'autres lieux de l'Afrique de l'Est. L'un de ces fameux squelettes porte le nom de Lucy, et les scientifiques ont pu reconstituer près de 40 % de celui-ci à partir des fossiles. Elle faisait partie de la famille des australopithèques, des ancêtres des humains qui vécurent bien avant l'*homo habilis, *l'*homo erectus *et l'*homo sapiens.

Aussi « fantastiques » soient-ils, les dragons sont ancrés dans une très ancienne réalité. Ainsi, il y a 65 millions d'années (j'ai dit une *très ancienne* réalité), un ptérosaure géant (« reptile ailé » en grec) appelé le quetzalcoatlus était capable de s'élancer dans les airs tel un dragon gigantesque. Ce ptérosaure avait un très long cou et ses mâchoires ressemblaient fort à des lances acérées. Il possédait toutes les caractéristiques d'un dragon. L'envergure de ses ailes était d'une dizaine de mètres et ses pattes étaient terminées par des griffes.

Imaginez un peu quel spectacle pouvaient offrir une douzaine de quetzalcoatlus survolant un lac. On aurait aisément pu les prendre pour des dragons, non ? Si vous avez déjà vu des films comme *Jurassic Park* ou *Le Monde perdu*, vous connaissez la version hollywoodienne des ptérosaures. Ainsi les films de cinéma représentent souvent le ptéranodon (de la famille des ptérosaures) avec d'horribles dents, alors que, dans la réalité, il en était totalement dépourvu. Autre élément intéressant au sujet des ptérosaures : ils n'avaient pas d'écailles mais étaient couverts de plumes et de poils. Pas tout à fait l'idée que nous nous faisons des dragons. Mais pas loin non plus.

Les ptérosaures pouvaient voler des heures et des heures dans les cieux millénaires sans jamais se fatiguer. Les scientifiques pensent que ces créatures possédaient un cerveau semblable à celui des oiseaux et que leur comportement social était des plus sophistiqué. Et, à l'instar des dragons, ils naissaient dans des œufs. Les premiers fossiles de ptérosaures découverts datent d'environ 200 millions d'années. Sachant que ces quetzalcoatlus battaient des ailes aux quatre coins de la planète il y a 65 millions d'années, cela signifie qu'ils peuplaient déjà la terre (on se croirait dans un problème de mathématiques) depuis approximativement 135 millions d'années. Ce qui fait un sacré paquet de temps.

Bien que les premiers hommes soient apparus il y a seulement 3,5 millions d'années, beaucoup d'entre eux ont pu être convaincus de l'existence de dragons disparus des milliers d'années plus tôt.

Il est d'autant plus sensé d'affirmer une telle chose, lorsque l'on sait que les premiers hommes cohabitaient avec des serpents géants, qu'ils considéraient comme des serpents dragons. Ces serpents dragons ne possédaient ni ailes ni membres, mais leur tête et leurs cornes ressemblaient à celles d'un dragon. De plus, ils étaient affublés d'une très vilaine mâchoire de crocodile. Les exemples contemporains de serpents géants ne manquent pas, tels le python des roches et le python indien, atteignant chacun une longueur de dix mètres et pesant plusieurs centaines de kilos. En considérant que les pythons étaient présents sur terre bien avant les humains, il est fort probable que les premiers hommes, qui étaient plus petits que nous, aient pris ces pythons géants pour des dragons assoiffés de sang.

Bon nombre d'histoires narrant une rencontre avec un ou plusieurs dragons tirent peut-être leur origine du fait que certaines créatures très anciennes ont subsisté jusqu'à aujourd'hui, comme le varan ou dragon de Komodo, qui n'est autre qu'un lézard géant présent dans trois petites îles indonésiennes. Cette créature redoutable est capable d'attaquer des animaux tels que les cerfs ou les cochons sauvages. Il peut aussi s'en prendre à l'homme.

Ainsi que la plupart des créatures de fantasy, les dragons se divisent en mille et une catégories. Il y en a même tellement qu'il est difficile de croire qu'ils n'ont pas réellement existé…

Au XVIIe siècle, on trouvait encore des savants pour affirmer que les dragons avaient jadis existé. Pour beaucoup de personnes, les dragons étaient bel et bien réels. En 1608, par exemple, un scientifique du nom d'Edward Topsell écrivit que les dragons étaient en réalité des reptiles, et qu'ils étaient proches des serpents. Comme de nombreuses personnes, il était persuadé que les dragons étaient régulièrement chassés et tués.

Il existe des histoires de dragons partout à travers le monde. À Hawaii, les dragons sont appelés *kelekona*. En Chine, ils portent le nom de *lung*. Les Indiens cherokees les baptisent *unktena*. Et les Finlandais les connaissent sous le nom de *lohikaarme*. Les Polonais parlent d'histoires de *smok* et les Japonais nomment ces créatures *tatsu*. En Turquie, les dragons sont baptisés *ejderha*. Au pays de Galles, on les appelle *draig*. Et en Allemagne, ils portent le nom de *lindwurm*. Bref, la liste est extensible au possible.

Bien avant le XVIIe siècle et Edward Topsell, de nombreuses personnes dans le monde entier étaient persuadées d'avoir un jour croisé un dragon. Par exemple, entre le XIe et le XIIIe siècle, dans les îles Britanniques, bon nombre de villes se vantaient d'avoir déjà eu affaire à des dragons.

À propos de serpents dragons, tout le monde a déjà entendu parler du monstre du loch Ness, et il existe des lacs qu'on dit habités par des monstres reptiles partout autour du globe, y compris en Norvège et au Japon. Le monstre du loch Ness, également connu sous le nom de Nessie, est un célèbre serpent dragon écossais. D'après la légende, il vit au fond d'un lac (le loch Ness), dont il émerge occasionnellement en produisant une violente houle à la surface de l'eau, provoquée par l'agitation de son corps serpentin long d'une bonne dizaine de mètres. Nessie possède une tête de dragon et un très long cou. En réalité, le « lac » du loch Ness est une sorte de canal de plus de deux cents mètres de profondeur et long d'une cinquantaine de kilomètres. Plusieurs rivières le relient à la mer du Nord et à l'océan Atlantique.

Nessie aurait été aperçu pour la première fois il y a plusieurs siècles. Aux alentours de 690 ap. J.-C., ou quelque chose comme ça. Et depuis, les hommes n'ont jamais cessé d'affirmer l'avoir vu. Toutefois, nous ne disposons d'aucune photographie de la créature, ni d'aucune autre preuve tangible quant à son existence réelle.

Mais quittons un peu l'Écosse pour nous intéresser au cas des dragons peuplant d'autres contrées. Dans la mythologie grecque, Zeus rencontre Typhon, démon de la tornade et des éclairs. Typhon est un monstre dont le corps est composé de plusieurs serpents entortillés, il est pourvu de centaines de têtes et d'immenses ailes recouvertes de plumes. De plus, Typhon crache du feu, exactement comme un dragon. On y trouve également l'hydre, un dragon à plusieurs têtes et au souffle mortel, ainsi qu'Oroboros, un redoutable dragon doté de serres.

L'un des plus célèbres dragons de la mythologie grecque est la créature ancestrale appelée le Drakon, gardien des trésors et des sources sacrées. Les Drakons formaient une sorte de clan. Ils étaient semblables à des dragons, avaient la sagesse des dieux et protégeaient leurs trésors jusqu'à leur mort ; ce qui signifie qu'ils tuaient quiconque pénétrait dans leurs sites sacrés qu'ils gardaient soigneusement.

Il était une fois une femelle Drakon, simplement baptisée Python, qui vivait au-dessous d'une source. Du moins jusqu'à ce qu'Apollon, l'un des dieux grecs de l'Antiquité, la tue de ses flèches (comment se fait-il que, dans les légendes antiques, les dragons périssent à cause d'un modeste arc et de simples flèches ? Selon moi, il doit falloir une arme bien plus puissante pour venir à bout d'une telle créature gigantesque et qui vit depuis la nuit des temps).

Apollon créa l'oracle de Delphes à l'emplacement exact où il avait terrassé Python. Durant des siècles, les gens y rejouèrent la mise à mort de Python, en l'honneur d'Apollon et de cette bonne vieille femelle Drakon.

Mais l'histoire ne s'arrête pas là. Souvenez-vous, j'ai indiqué que les Drakons faisaient partie d'une sorte de clan, donc qu'ils étaient plusieurs.

CES DRAGONS CÉLÈBRES QUI NE SONT PAS DES DRAGONS

Vous devez vous demander : mais qu'est-ce que Lois est en train de nous raconter ? Comment diable un dragon peut-il ne pas être un dragon ? Voici pour vous quelques indices :

- *les dragons de Des Moines, une équipe de basket-ball*
- *les dragons d'Orlando, une autre équipe de basket-ball*
- *les dragons de Sonoma Sea, une équipe de natation*
- *les dragons de la forêt de Portland, une équipe de football américain*
- *les dragons de San Antonio, une équipe de hockey sur glace*
- *les dragons de Bethesda, une équipe de football américain*
- *les Battle Dragons, une équipe de paintball*
- *les dragons de St. George en Australie, une équipe de rugby*
  la Dragon Volleyball Association de Brisbane, pour les fous de volley-ball.

Maintenant vous comprenez de quoi je veux parler ! « Dragon » est un mot prisé pour baptiser une équipe de sport aux États-Unis ou en Australie, notamment.

Donc, pour poursuivre avec l'histoire de Python, d'Apollon et de l'oracle de Delphes, un homme appelé Cadmos, fondateur de Thèbes, demanda un beau jour son chemin à l'oracle. L'oracle était doté d'une grande sagesse. Il était également capable de prédire des événements et dispensait ses précieux conseils à quiconque en faisait la demande. Il conseilla donc à Cadmos de se rendre près d'une source gardée par l'un des « copains » de Typhon. Aujourd'hui, il est à parier que personne ne se risquerait à faire une telle chose, mais Cadmos fut suffisamment courageux et s'y rendit sans sourciller.

Il trouva le dragon, équipé de trois belles rangées de dents acérées. Bien évidemment, celui-ci était immense et couvert d'écailles. Cadmos n'usa pas de son arc et de ses flèches pour le terrasser. Non, ç'aurait été bien trop facile. Au lieu de cela, il ramassa une grosse pierre et la jeta droit sur le crâne du dragon (mais comment font ces types pour accomplir une telle chose ? Comment abattent-ils un dragon avec une vulgaire pierre ou un ridicule arc muni de flèches ? Si vous avez la réponse, tenez-moi au courant, parce que, de mon côté, je suis complètement larguée !)

Mais l'histoire n'est pas terminée. Il y a mieux.

Cadmos blessa grièvement le dragon. À tel point que ce dernier finit par mourir. Puis Cadmos fit quelques sacrifices en l'honneur de la déesse Athéna, qui lui ordonna de planter les dents du dragon (les trois rangées) dans le sol, comme s'il s'agissait de graines. Bien sûr, Cadmos, qui avait pour habitude de toujours obéir aux oracles et aux déesses, s'exécuta sur-le-champ et pouf, toutes les graines se muèrent en guerriers.

J'ai un peu honte de vous le dire, mais l'histoire n'est toujours pas terminée. Il est question de rois, de toisons d'or et de sorcières. La légende évoque même un dragon composé de milliers de serpents entrelacés. Je pourrais terminer cet ouvrage rien qu'en vous parlant des Drakons de la Grèce antique.

À bien y réfléchir, Saphira est un véritable amour, comparée à tous ces vilains dragons de l'Antiquité. Elle n'est pas faite de milliers de serpents entortillés. Elle ne possède pas trois rangées d'horribles dents acérées. Elle n'attend pas éternellement de devoir tuer quiconque approcherait une simple fontaine. Et il faut bien plus qu'une ridicule petite flèche pour la tuer. Eh oui, quelque chose me dit qu'on ne s'en débarrasse pas comme ça. Du moins, certainement pas en lui jetant une pierre.

En dignes héritiers des Grecs, les Romains crurent également aux dragons. Et d'ailleurs, le mot latin *draco* se traduit par « serpent géant », « dragon ». Tout comme son cousin hellénique, le dragon romain crache du feu et ressemble à un reptile géant avec des ailes.

En Scandinavie, nous trouvons des dragons un peu partout. Les Vikings possédaient des bateaux ornés de représentations de dragons. Dans les légendes séculaires, les dragons étaient des serpents titanesques pourvus de griffes et d'une gueule énorme remplie de dents semblables à des coutelas. Ils crachaient du feu et possédaient une queue qui fouettait l'air. Ils gardaient de fabuleux trésors et s'en prenaient directement aux hommes. En Europe, les gens croyaient eux aussi à l'existence de dragons, mais pourvus de deux têtes, de terribles griffes et ressemblant à une sorte de croisement entre un lion, un oiseau, un velociraptor et un reptile.

En Inde, les dragons occupent également une place de choix. Le dieu créateur Vishnu a longtemps été représenté en train de dormir sur le dos d'un hydre, ou *naga*. Le *makara*, un dragon indien capable de modifier son apparence, était souvent représenté comme un monstre à queue de serpent et à tête de crocodile, ou tout simplement comme un dragon ou un serpent de mer.

En Asie, enfin, les dragons sont omniprésents et leurs origines remontent à 2 700 ans avant J.-C. Les dragons chinois possédaient des serres, des écailles et une gueule géante pleine de dents menaçantes. Au Japon, le dragon de Koshi était si gigantesque que son corps pouvait recouvrir huit collines et huit vallées en même temps. Il avait le dos couvert d'écailles, huit queues et huit têtes. Les Mongols, quant à eux, vénéraient le dragon *leongalli*, sorte de croisement entre un poulet et un lion.

Il y a environ 5 000 ans avant J.-C., de nombreuses légendes faisaient référence au dragon sumérien Zou. Ce monstre fut accusé d'avoir dérobé des tablettes au dieu Enlil, qui ordonna au dieu soleil Ninurta de récupérer les tablettes et de tuer Zou.

Bien souvent, les monstres marins, ou dragons, combattaient les dieux. Par exemple *Enuma Elish*, l'un des tout premiers mythes babyloniens, évoquait déjà les dragons Apsu (« eau douce ») et Tiamat (« eau salée »). Ces deux dragons furent à l'origine de la création des premiers dieux et de toutes les créatures vivantes. Le poème cananéen de Baal raconte qu'un jeune dieu combattit le dragon des mers à sept têtes, Yam Nahar. L'une des toutes premières légendes égyptiennes évoque, quant à elle, la lutte mortelle entre le dragon des mers Apopis et Râ, le dieu du soleil.

Penchons-nous un moment sur le destin du dragon babylonien Tiamat, l'un des plus imposants et terrifiants dragons de toute l'histoire. Bien avant que les cieux, le paradis et la terre soient nommés, Tiamat était littéralement l'eau salée de l'océan originel. Plus tard, la créature devint un dragon doté d'une peau si résistante qu'aucune arme ne pouvait la transpercer. De son côté, Apsu, le second dragon babylonien, était l'eau douce des lacs et des rivières du monde entier. À l'origine, il n'avait rien d'un dragon non plus. Ce fut seulement lorsque l'eau des mers de Tiamat se mêla aux eaux douces d'Apsu que Tiamat devint un dragon femelle et Apsu, un dragon mâle. Leur progéniture, de minuscules dragonnets, naquit lorsque les eaux se mélangèrent.

Les petits dragonnets furent difficiles à contrôler. Et comme Apsu n'avait rien d'un bon père, il décida de se débarrasser purement et simplement de ses propres enfants. Mais les jeunes dieux s'opposèrent à une telle infamie : ils jetèrent à Apsu un mauvais sort et il fut anéantit. (Les familles issues de la mythologie sont bien souvent sources de gros problèmes. Si vous pensez vivre un enfer à la maison, imaginez un peu ce qu'ont dû endurer les rejetons d'Apsu et de Tiamat.)

Tiamat fut plutôt contrariée, c'est le moins qu'on puisse dire, lorsque son mari, ce bon vieux Apsu, périt sous le sortilège des dieux. Elle décida de réagir, et envoya des monstres de toutes sortes les combattre. Ces monstres comprenaient des serpents à cornes, des serpents géants gorgés de venin, des hommes-scorpions, des hommes-taureaux, des hommes-poissons et même des démons. Tiamat avait, comment dire..., un sacré répondant.

Et qui les dieux envoyèrent-ils pour se défendre, hein ? Marduk, leur tout jeune roi. En d'autres termes, un type lambda et tout seul, qui plus est. Et avec quoi Marduk décida-t-il de combattre ces vilaines créatures ? Allez, je suis sûre que vous connaissez la réponse : un arc, quelques flèches et un immense filet. *Mais bien sûr.*

Le filet se devait d'être immense. Disons de la taille de la planète. Rappelez-vous, Tiamat constituait la totalité de l'eau de mer à la surface du globe. Donc, inutile de penser à un filet pour attraper du thon. J'ai du mal à imaginer comment Marduk put porter un tel filet, encore moins comment il parvint à le lancer sur les monstres géants. C'est pourtant ce qu'il fit. Et puis, il avait bien quelques pouvoirs « spéciaux », après tout. Il rassembla les vents et dirigea un chariot d'orage pour atteindre l'humble demeure de Tiamat (qui devait être, ni plus ni moins, un océan entier). Il captura ensuite Tiamat dans son filet et, comme par magie, lui envoya les vents en pleine tête. Elle s'étouffa, et les vents s'immiscèrent si profondément au fond de son estomac que celui-ci gonfla comme une énorme baudruche de la taille de New York. Puis Marduk se saisit d'une flèche, tendit son arc et visa la bête en plein cœur. Lorsque Tiamat s'effondra, tous les démons et les autres monstres prirent leurs jambes à leur cou (quelle bande de mauviettes !). Marduk – calme, serein et posé – découpa ensuite Tiamat en deux. J'ignore quel ustensile il utilisa pour accomplir une telle chose. Peut-être fit-il appel à la magie. C'est en tout cas la magie qu'il utilisa pour créer la terre avec la première partie du corps, et le ciel avec la seconde. Enfin Marduk tua le monstre Kingu, ami proche de Tiamat, dont il utilisa le sang pour donner naissance aux hommes.

Il existe peu d'histoires de dragons qui puissent égaler, en intensité, celle d'Apsu et de Tiamat. Bien évidemment, Tiamat avait déjà des enfants et des cousins lorsqu'elle fut tuée par Marduk. On raconte que l'un de ses proches n'est autre que le serpent arc-en-ciel d'Afrique du Sud. Ce serpent est énorme (si c'est un cousin de Tiamat, on comprend mieux pourquoi), dort au plus profond de l'océan et possède un corps aussi grand que la planète entière.

En Inde et en Éthiopie, les dragons ont également l'habitude d'en imposer, bien qu'ils n'atteignent jamais la taille de tous les océans de la planète. Le dragon indo-éthiopien est long d'une cinquantaine de mètres et possède une pierre précieuse guérisseuse incrustée entre les deux yeux. Si un humain parvient à dérober cette pierre et à la porter au bras, il devient invincible.

Il existe également un dragon noir qui vit dans les marécages, ainsi qu'un dragon d'or qui vole majestueusement au-dessus des montagnes. Le dragon d'or possède des écailles, une barbe et une queue suffisamment puissante pour vous tuer d'un simple coup. Il réside dans les entrailles de la terre et ne s'extirpe de son antre que pour aller chasser les éléphants lorsqu'il meurt de faim.

Les dragons chinois, quant à eux, peuvent revêtir quatre formes distinctes : l'on trouve tout d'abord Tianlong, le dragon céleste, qui protège les lieux où résident les dieux ; viennent ensuite Shenlong, le dragon spirituel, qui contrôle les pluies et les orages ; Dilong, le dragon de la terre, qui contrôle les rivières ; et enfin Futs-Lung, le dragon des enfers, chargé de protéger les trésors cachés.

Les dragons de toutes sortes ont toujours occupé une place de choix dans l'histoire chinoise. Les dragons à cinq serres symbolisaient le pouvoir suprême et étaient censés s'adresser directement aux dieux. Seuls les empereurs chinois étaient « autorisés » à communiquer avec ces dragons impériaux. Quant aux citoyens lambda qui auraient voulu faire la même chose, ils étaient tout simplement condamnés à mort.

On a dit que la croyance ancestrale des Chinois quant à l'existence des dragons remonte à la découverte des premiers os de dinosaures. Il est fort probable, en effet, que certaines de ces créatures géantes aient été exhumées, et que les Chinois de l'Antiquité les aient prises pour des dragons.

En règle générale, le dragon chinois est bienveillant et contrôle les mers, les cieux et la terre. Si on le provoque, il peut certes décimer tout un village ou engendrer une terrible tempête, mais si l'on se montre bon et gentil avec lui, alors il reste totalement inoffensif et peut même être bénéfique.

Non seulement le dragon porte chance, mais il est également le fondateur des familles royales. Sa tête est semblable à celle d'un cheval et il porte des cornes. Il a de longues moustaches, des écailles partout sur le corps et quatre pattes. Il aime jouer avec une boule de lumière appelée la perle sacrée. Quelque part au-dessus des nuages, une tablette de jade dresse la liste de tous les dragons ainsi que leur nombre. Ces dragons sont apparus il y a très longtemps, et ils ont pris la forme de serpents de mer avant d'adopter leur impressionnante silhouette. Tous les dragons chinois possèdent le don de modifier leur apparence. Leur chef suprême se nomme Lung, maître du ciel.

Les Chinois qui croient aux dragons ne s'accordent pas sur l'aspect et les actes de ce fameux

Lung. Pour certains, il arbore des bois de cerf sur une tête de chameau. Pour d'autres, ses oreilles sont celles d'un bœuf et son cou, celui d'un serpent. D'autres encore affirment qu'il possède des écailles de poisson, des pattes de tigre et le ventre d'un crabe. Dernière précision, et non des moindres, Lung crache des nuages, et non du feu.

L'on raconte que cinq grands rois dragons habitent au fond de la mer, dans des palais étincelants d'où ils contrôlent les quatre océans de la planète. L'on raconte également que le dragon impérial à cinq serres fut à l'origine de la création du premier empereur chinois qui, selon la légende, était affublé d'une queue de dragon.

Pour parler franchement, l'ancêtre de Saphira n'a absolument rien à voir avec un dragon chinois. Elle n'est pas non plus aussi gigantesque et monstrueuse que Tiamat ou Apsu. Saphira s'inspire plutôt de la représentation occidentale du dragon : une créature reptilienne, ailée et cracheuse de feu. La plupart des dragons occidentaux portent également une barbe, ainsi qu'une crête au sommet de la tête. Leurs yeux sont grands et brillants, exactement comme ceux de Saphira. Ils sont enfin pourvus de dents, de cornes, d'écailles, de griffes, de larges ailes épineuses et de longues queues. Un dragon à deux pattes est appelé wyvern, mais la plupart des dragons sont dotés de quatre pattes. Et, à l'instar de Saphira, ils crachent du feu et de la fumée.

L'on raconte également que le crâne du dragon occidental renferme une pierre de dragon, à savoir une éblouissante pierre précieuse aux pouvoirs guérisseurs. De plus, son sang peut guérir les blessures les plus sérieuses. Si un humain se lie d'amitié avec un dragon et touche ne serait-ce qu'une seule goutte de son sang, il peut dès lors communiquer avec toutes les créatures de la nature, comprendre le langage des oiseaux, les jeux des crapauds, et d'autres choses de ce genre.

Cette mythologie liée au sang ressemble fort à ce que nous pouvons lire dans *Eragon*, lorsque Saphira souffle sur le visage de notre jeune héros et imprime dans sa paume un ovale blanc.

DES DRAGONS ET DES HOMMES CÉLÈBRES

Merlin est probablement l'un des plus illustres magiciens de tous les temps. Il trouva la cause de l'effondrement des murailles d'une forteresse située au nord du pays de Galles : deux dragons étaient emprisonnés juste au-dessous. Il les libéra, et les murs cessèrent de s'écrouler.

Beowulf était un célèbre roi scandinave qui dut combattre un dragon pour sauver son peuple. Souvenez-vous, certains dragons aiment tout particulièrement garder les trésors. D'où la colère de l'un d'eux lorsqu'une coupe de son fameux magot vint à disparaître. Beowulf combattit l'animal, non sans mal. Et il fallut attendre que son ami Wiglaf poignarde le dragon, pour que Beowulf puisse enfin le tuer. Pauvre petit dragon.

En 2926 av. J.-C., un homme baptisé Fu Hsi rencontra un dragon sur les rives du fleuve Jaune, en Chine. Le dragon enseigna l'écriture à Fu Hsi, avant que ce dernier ne transmette à son tour ce nouveau savoir à d'autres. Il apprit également à composer et jouer de la musique, apprivoiser les animaux, et s'adonner aux joies des mathématiques.

Même Marco Polo, ce grand voyageur vénitien que vous avez étudié en classe, croyait en l'existence des dragons. Il raconte en avoir croisé beaucoup au cours de ses voyages, parmi lesquels des wyverns chasseurs d'éléphants.

Léviathan, la célèbre créature biblique du Livre de Job, était probablement un dragon. Il crachait du feu et était couvert d'écailles qui le protégeaient des armes. Il est possible que Léviathan soit né de l'observation d'une véritable créature aquatique appelée oarfish, ou serpent de mer, ou encore poisson-ruban. Ces créatures sont extrêmement rares et évoluent au plus profond des abysses. Très allongées, d'un jaune brillant, elles possèdent une longue nageoire dorsale au sommet de la tête qui rappelle la crête du dragon. Elles sont réellement *gigantesques*, pouvant atteindre jusqu'à dix-huit mètres de long. Non, non, ce n'est pas une blague.

Les dragons occidentaux n'ont jamais été considérés comme bons et merveilleux, à l'inverse de leurs cousins chinois. Jadis, certains pensaient même que c'était un dragon, et non un serpent, qui avait offert la pomme à Ève.

Cette idée d'un dragon maléfique est probablement née des premiers écrits de l'Église, selon laquelle saint Georges tua un monstrueux dragon et que les croisés devaient combattre afin de sauver leur âme et leur vie. Pour revenir à ce bon vieux saint Georges, il combattit son dragon en Libye, plus précisément dans la ville de Silène, aux alentours du IVe siècle. Un immense dragon émergea des marais, à l'orée de la cité. La bête était affublée d'impressionnantes ailes de chauve-souris, de quatre pattes, d'une longue queue et d'épaisses écailles vertes quasi indestructibles. Un gaz nauséabond s'échappait de sa gueule, tuant sur-le-champ quiconque venait à respirer son haleine putride.

Les habitants de la ville tentèrent d'amadouer le dragon en lui offrant qutodidiennement deux moutons. Mais un jour, Silène fut à court de moutons.

Le roi, fort stupide, décida alors de sacrifier un enfant chaque jour. Les habitants s'inscrivirent à une sorte de loterie désignant, au grand dam des mamans, un enfant du coin comme casse-croûte pour le dragon.

Les semaines passèrent. Et le dragon continua de dévorer les charmants bambins. Jusqu'à ce que la propre fille du roi sorte gagnante de cette sordide loterie. Elle fut attachée à un poteau, à deux pas du marais où se terrait le dragon.

La pauvre Alcyone, la jeune fille en question, se crut condamnée lorsque la terre se mit à trembler. Elle était persuadée qu'il s'agissait du dragon. Mais ce fut saint Georges qui apparut. Il portait une armure argentée avec une grosse croix rouge sur son plastron. Il chevauchait un beau cheval blanc et tenait un bouclier blanc.

Saint Georges détacha la princesse Alcyone, puis tourna son attention sur le marais d'où jaillit le dragon dans une immense gerbe de boue. La créature étendit ses ailes géantes et poussa un terrible rugissement. Pendant une poignée de secondes, saint Georges fut aveuglé par le scintillement des écailles de la bête, dû aux rayons du soleil. Mais il reprit vite ses esprits et enfonça son épée dans le cou du monstre (entre nous, saint Georges devait être bien grand pour atteindre la gorge du dragon en un seul coup). Le dragon s'effondra, presque mort. Alors saint Georges, accompagné de la princesse, traîna la pauvre créature jusqu'à Silène, où il l'exhiba tel un animal de foire (encore une fois, je me demande comment une petite princesse et un jeune homme sont parvenus à traîner un monstre de cette taille jusqu'à la ville, mais bon, j'ai l'habitude de perdre toute objectivité dès qu'il s'agit d'histoires de dragons et de contes populaires).

Comme je l'ai déjà dit, il est courant de rencontrer des Dragonniers dans la plupart des romans sur les dragons. À savoir des humains ayant la chance d'être copains avec les dragons, voire de communiquer mentalement avec eux. Même la selle qu'utilise Eragon n'est pas une nouveauté : jetez un œil (avec rigueur et précision, je vous prie) à la partie intitulée « Apprivoiser et chevaucher un dragon » du fameux *Dragonologie. Encyclopédie des dragons*, du Dr Ernest Drake. Dans cet ouvrage magnifique et fascinant, vous pourrez contempler une illustration d'un Dragonnier chevauchant son dragon sur une selle. Vous y apprendrez aussi que, si vous souhaitez vous reconvertir en Dragonnier, vous avez intérêt à tenir fermement les rênes. Le livre fournit également des détails sur la manière dont les dragons plongent et descendent en piqué, et décrit tout un tas de techniques destinées à mieux contrôler les mouvements de la bête.

Dans le roman *Eragon*, on apprend qu'on peut installer plusieurs types de selles sur le dos des dragons. Brom et Eragon en confectionnent une pour Saphira, composée de cinq bandes de cuir, de longues cordes, toujours de cuir, et d'un rembourrage. Le livre contient une explication détaillée des secrets de fabrication de cette selle, et ce passage est absolument fascinant.

Contrairement à la plupart des dragons issus du folklore populaire, Saphira est pleine d'esprit et fait souvent de précieuses et judicieuses remarques à Eragon, telles que : « J'en ai assez de me cacher tout le temps, comme une criminelle ! » En lisant tous ses mots d'esprit et ses fines analyses, je me suis demandé si les dragons naissaient avec une intelligence déjà développée. Comment peuvent-ils apprendre à communiquer et penser de la sorte alors qu'ils restent dans leur œuf pendant tant d'années ?

Bien qu'ils n'apparaissent ni dans *Eragon*, ni dans *L'Aîné*, il reste une dernière catégorie de dragons dont je souhaiterais parler. Ce sont les dragons hybrides, à moitié dragons, à moitié animaux. J'y fais référence car il me semble qu'il serait intéressant de les intégrer dans la trilogie d'*Eragon*, ou dans n'importe quel autre récit de fantasy. En fait, vous pourriez utiliser ces créatures si vous décidiez d'écrire vos propres histoires de fantasy.

Avez-vous noté le mot « créature » dans ma dernière phrase ? Nous en croisons dans la trilogie d'*Eragon.* Ce sont juste de petits dragons. Ce ne sont pas des créatures hybrides, comme celles du folklore populaire. Par exemple, dans les légendes, il existe des dragons-carpes, à tête de dragon et au gigantesque corps de carpe avec une queue tout aussi immense. Le dragon-carpe a la capacité de parler aux humains. Nous trouvons également des dragons-tigres (je ne plaisante pas), à la tête de tigre et au corps de dragon. Il y aussi des dragons-loups, qui – devinez ! – possèdent une tête de loup et un corps de dragon, etc., etc.

Quel pourrait bien être l'hybride le plus étrange, d'après vous ? Je vous laisse répondre à cette question.

Nains, Ombre, Urgals, géants et autres créatures

CRÉATURES

Hormis Eragon, Brom, Arya, Saphira et quelques autres protagonistes, les nains, les géants, les Urgals, le corbeau blanc et, bien évidemment, l'Ombre sont, sans aucun doute, parmi les personnages les plus fascinants d'*Eragon* et de *L'Aîné.* Il peut paraître étrange (du moins, pour ceux qui n'ont lu aucun des deux romans) que je mentionne autant de personnages d'un coup. Mais pour ceux qui ont déjà dévoré les ouvrages, c'est probablement le contraire : je n'en cite qu'un infime pourcentage[10].

Premières des créatures à être étudiées dans ce chapitre : les nains. À quoi ressemblent-ils dans *Eragon* et *L'Aîné,* comparés à ceux du folklore traditionnel ? Existe-t-il des similitudes entre les romans et les légendes populaires ? Nous parlerons également de l'Ombre et des Urgals, des géants ainsi que de quelques autres monstres.

Mais tout d'abord, penchons-nous d'un peu plus près sur le cas des nains.

Il y a plusieurs milliers d'années, les Dragonniers protégeaient la planète et les nains étaient leurs amis. Selon Brom, les nains sont, avec

---

10. Juste pour le plaisir, laissez-moi vous dresser la liste de quelques-uns des personnages croisés au fil des pages des deux romans : Katrina, oncle Garrow, Horst, Albriech, Baldor, Roran, Marian, Ismira, Selena, Galbatorix, Morzan, Gertrude, Trianna, Angela, Islanzadi, Blagden, Orik, Glaedr, Oromis. Qui ai-je bien pu oublier ?

les dragons, les « véritables habitants » du monde. Les nains vivaient dans l'Alagaësia avant même que les elfes n'y accostent à bord de leurs navires d'argent. Mais après l'anéantissement des Dragonniers, on perdit leur trace. Plus tard, dans le premier roman, Eragon atterrit dans la capitale des nains, Tronjheim, où il apprend que les nains, les elfes et les Vardens se sont tous mis d'accord pour que les Dragonniers soient entraînés par Brom, et ensuite par les elfes. Eragon rencontre Hrothgar, le roi des nains, ainsi que de nombreux autres nains de cour, avant que des combats n'éclatent au fond des tunnels.

Les nains tiennent une place prépondérante dans le deuxième roman, *L'Aîné*. Nous y apprenons notamment qu'ils résident sous terre, bien que certains préfèrent les villes, telle la cité des nains baptisée Tarnag. Nous y apprenons également que les nains sont de petite taille, que leurs portes atteignent à peine 1,60 mètre de hauteur, et que l'histoire de leurs origines est des plus complexes.

Une histoire des origines – nous reviendrons sur celle des nains dans quelques secondes – est la manière dont un groupe de personnes décrit son origine. Dans la vraie vie, il existe des centaines, voire des milliers de ces histoires à travers le monde. La plupart font intervenir des dieux, des monstres, des géants et d'autres créatures fantastiques.

En ce qui concerne les nains d'*Eragon* et de *L'Aîné*, cette histoire originelle met en scène une louve, des statues, des offrandes brûlées, Gûntera, le roi des dieux, Kilf, la déesse des rivières et des mers, et de nombreuses autres divinités. Helzvog possède le cœur de tous les nains car il fut le premier nain formé à partir des montagnes, après que les géants eurent disparu. Et ce ne fut qu'après la création des nains et des elfes que les hommes apparurent.

À quoi ressemblent les nains dans le monde réel ? Vivent-ils vraiment dans des tunnels et des cavernes ? Savent-ils modifier les éléments et les métaux, comme ceux d'*Eragon* et de *L'Aîné* ? Sont-ils de petite taille, possèdent-ils des pouvoirs magiques, sont-ils bons ou malveillants ? Et, surtout, quelle est l'histoire de leurs origines ?

Dans le chapitre consacré aux elfes, nous avons évoqué les fées. Et d'après la grande majorité des légendes populaires, l'elfe constitue une certaine catégorie de fées. Nous pouvons en dire autant au sujet des nains.

La plupart des peuples possèdent des mythes faisant référence aux nains. Ils ont, bien souvent, de longues barbes grises qui leur donnent un air âgé. Ce sont des mineurs qui, selon la légende, vivent au fond de tunnels, à l'image de ceux que l'on croise dans *L'Aîné*. Reste maintenant à élucider pourquoi ils vivent dans ces tunnels. Et pour quelle raison les légendes populaires refusent de les faire vivre dans les villes, comme c'est pourtant le cas dans *Eragon*. De très anciennes histoires racontent que les nains prennent l'apparence de crapauds durant la journée. Si la lumière vient à les effleurer, ils se muent instantanément en pierre. Voilà une bonne raison de ne pas quitter leurs tunnels, vous ne croyez pas ?

Les nains ressemblent à des humains difformes et ratatinés. Selon la légende, ils sont capables de transformer le métal en objets magnifiques mais fort dangereux, qui peuvent jeter des malédictions et des mauvais sorts. De plus, les nains sont bien souvent invisibles, du fait de leurs vêtements magiques. Car, tout comme les nains d'*Eragon* et de *L'Aîné*, les « vrais » nains sont capables de magie. Rappelez-vous le saphir géant.

Comme vous l'avez peut-être déjà deviné, il existe, dans la vraie vie, plusieurs catégories de nains. Celles-ci sont toutes rattachées à la catégorie des gobelins. Sur l'île de Rügen, en pleine mer Baltique, les gens distinguent trois types de nains, en se fondant uniquement sur la couleur de leurs vêtements : le blanc, le marron ou le noir.

Les nains vêtus de blanc sont doux et bienveillants, et ils passent leur temps à chercher de l'or et de l'argent au cœur de cavernes souterraines. Durant l'été, ils dansent en prenant l'apparence de papillons. Bien que les nains d'*Eragon* et de *L'Aîné* n'en fassent jamais autant, ils sont eux aussi doux et bienveillants, et résident également au fond de cavernes où ils cherchent de précieux minerais. De toute évidence, les nains de Christopher Paolini sont des nains blancs.

Les nains vêtus de marron sont espiègles, malicieux et causent de nombreux désagréments. Ils ont pour habitude de voler des bébés, ce qui est plutôt mal vu. Je doute fort que les nains de Christopher Paolini fassent partie de cette vilaine catégorie.

Il existe enfin des nains vêtus de noir. Et ceux-ci s'avèrent aussi hideux qu'ils sont maléfiques. (Vous êtes-vous jamais demandé pourquoi les créatures démoniaques étaient toujours hideuses, au contraire des êtres bienveillants, éternellement beaux et attirants ? Pourquoi diable ne pourrait-on pas croiser un nain noir canon, ou une nymphe affreuse au grand cœur ?) Les nains noirs utilisent de fausses lumières pour tromper les navires remplis de trésors et les contraindre à accoster, afin de les attaquer et de s'emparer de leurs richesses. Ils fabriquent de redoutables armes à partir des minerais qu'ils extraient, ce qui, entre nous, est bien pire que de fabriquer des objets capables de jeter des sorts. Et, lorsqu'ils ne passent pas leur temps à tuer et à voler, les nains noirs se muent en hiboux, hululant constamment. C'est une évidence, les nains de Christopher Paolini ne sont en aucun cas de ceux-là !

L'origine des nains « dans la vraie vie » diffère légèrement de celle des nains d'*Eragon.* Il existe, en Islande et en Scandinavie, une très vieille histoire sur les nains où, à la fin, ceux-ci soutiennent le poids du monde.

Les croyances des Vikings sont transcrites dans ce que l'on appelle l'*Edda de Snorri* (ou *Edda en prose*), écrit par Snorri Sturluson aux alentours de l'an 1220. Sturluson s'y inspirait des mythes oraux (parlés) de l'*Ancienne Edda*, ou *Edda poétique.* Dans cette histoire, le monde était créé à partir du corps du Maléfique Géant de Glace, baptisé Ymir.

Le roi Gylfi, qui régnait sur ce que l'on appelle aujourd'hui la Suède, entendit parler des Aesir, à savoir les dieux du Valhalla. Gylfi se déguisa avant de se rendre au Valhalla, désireux d'en savoir un peu plus sur ces dieux et sur l'origine du monde.

On lui expliqua qu'il existait deux atmosphères, l'une au nord et l'autre au sud. L'atmosphère du Nord était sombre et glacée ; celle du Sud s'avérait lumineuse et chaude. Entre les deux atmosphères se trouvait le vide total, ou Ginnungagap. Au cœur du vide du Ginnungagap, l'air froid du Nord se mêla au vent chaud du Sud, créant de l'humidité. Puis ce fut au tour de la vie de se former. La première forme de vie fut Ymir, le Maléfique Géant de Glace.

Ymir se trouvait seul au sein du Ginnungagap. Il se tenait allongé et, tandis qu'il se reposait, ses aisselles donnèrent naissance à un homme et à une femme. Quant à ses jambes, elles créèrent un fils. Une famille d'ogres était née. Comme la glace fondait dans le Ginnungagap, elle se mua en une vache géante du nom d'Audhumla, dont le lait forma des rivières nourricières. Un homme fut créé à partir d'un morceau de glace qu'Audhumla était en train de lécher. Son nom ? Buri le Fort, dont le fils Bor épousa Bestla, l'une des filles des ogres originels. Bor et Bestla eurent un fils, le grand dieu Odin, ainsi que d'autres enfants, les dieux Vili et Vé. Ces divinités tuèrent Ymir, le Maléfique Géant de Glace, placèrent le cadavre au beau milieu du Ginnungagap, où ils transformèrent son sang en océans, et créèrent la terre à partir de son corps. Les montagnes furent créées à partir de ses os, et les roches à partir de ses dents. Son cerveau devint les nuages. Quant au crâne d'Ymir, il devint le sommet du ciel et fut tenu, au nord, au sud, à l'est et à l'ouest, par quatre nains.

Les Scandinaves racontent que les nains furent créés à partir d'asticots qui grouillaient le long du cadavre d'Ymir. Ils racontent également qu'il existe trois catégories de nains. Le premier groupe est appelé le peuple des Modsognir, le deuxième est le groupe de Durin, et la troisième catégorie est davantage connue sous le nom de l'alliance des Dwalin avec les Lovar. Les nains fabriquent des lances magiques, des navires et d'autres objets – dont des cheveux magiques.

Dans le folklore scandinave, les nains résidaient au fond des cavernes situées dans le Nidavellir. Ils réalisèrent quelques objets magiques, comme le marteau de Thor qui, tel un boomerang, retombait toujours dans les mains de son lanceur. Ils donnèrent également vie à un sanglier aux poils dorés, qui fut nommé Gullinbursti et pouvait se déplacer aussi bien sur la terre ferme que dans les airs ou les mers. Ils confectionnèrent enfin des anneaux magiques, comme le Draupnir, un brassard d'or produisant huit nouveaux brassards magiques toutes les neuvièmes nuits.

Les nains du *Seigneur des Anneaux* de Tolkien ressemblent fort aux nains de la mythologie classique, ainsi qu'à ceux d'*Eragon* et de *L'Aîné*. Fortement inspirée du folklore populaire, l'œuvre de Tolkien fournit, à vrai dire, la base de la plupart des contes modernes de fantasy, y compris d'*Eragon* et de *L'Aîné*. Dans *Le Seigneur des Anneaux*, les nains des Terres du Milieu travaillent continuellement les métaux précieux, à partir desquels ils fabriquent des objets magiques. Ils vivent à l'intérieur des montagnes et des cavernes, et cherchent le métal au fin fond de tunnels. Ils ressemblent à des nains standard : ils sont de petite taille et arborent une longue barbe. Bien que plaisants et musiciens, les nains savent se muer en redoutables guerriers lorsque la situation l'exige.

Les nains qui se lient d'amitié avec le jeune Eragon partagent de nombreux traits de personnalité avec les nains imaginés par Tolkien, lesquels, de leur côté, s'inspirent des légendes traditionnelles. Et qu'en est-il des trolls et des géants ? Eh bien, ces créatures sont évoquées dans *Eragon* et dans *L'Aîné*, mais elles ne jouent pas un rôle prépondérant – du moins, pour l'instant.

Dès le début de *L'Aîné*, les Urgals attaquent des trolls avant de les tuer. Il se peut que ces trolls apparaissent davantage dans le troisième tome d'*Eragon*, qui n'est toujours pas disponible à l'heure où j'écris ces lignes. En tout cas, à la toute fin de *L'Aîné*, nous en savons très peu à leur sujet.

Les trolls issus du folklore populaire sont nommés de différentes façons. Ils s'appellent, entre autres, bergs, jutuls, tusses, hommes des collines ou encore trows, selon les pays et les régions. La croyance aux trolls a débuté en Allemagne et en

Scandinavie, mais l'on trouve des histoires de trolls un peu partout à travers le globe. Les trolls sont supposés garder les ponts et les chemins. Mais pas vraiment pour les bonnes raisons. En règle générale, les trolls se cachent sous les ponts, d'où ils bondissent en faisant peur aux randonneurs, puis exigent d'eux d'énormes sommes d'argent, voire quelquefois tuent purement et simplement leurs victimes.

Aux yeux des Scandinaves, les trolls ne sont autres que des géants, et leur roi Dovregubben, le plus grand des trolls, vit dans la montagne de Dovre. Les trolls sont bien souvent représentés avec des cheveux hirsutes et des excroissances sur la tête. Ils ont pour particularité de manger leur soupe en l'aspirant par le nez.

Les trolls vivent très longtemps, comme d'autres créatures du pays des fées. Mais les rayons du soleil ont le fâcheux effet de les transformer en pierre. Vous vous souvenez probablement que ce petit problème concerne également les nains. Certains trolls sont même affublés de plusieurs têtes, tandis que d'autres ne possèdent qu'un seul œil, au beau milieu du front.

Quant aux géants croisés dans *Eragon* et *L'Aîné*, ils auraient vécu il y a longtemps, puis auraient disparu, ce qui explique pourquoi nous ne savons pas grand-chose à leur sujet. Les géants, bien évidemment, tiennent le haut de l'affiche dans bon nombre de récits légendaires. Dans la mythologie grecque, par exemple, des géants appelés Titans gouvernaient les principales régions de la planète. Ils étaient les enfants de la Terre mère et du Ciel divin. La Terre mère eut également d'autres enfants gigantesques, dont les Cyclopes, immenses créatures à un œil, ou encore des géants à cent bras et à cinquante têtes. Le géant Antée construisit un temple à partir de crânes ; tant que ses pieds touchaient le sol, il demeurait invincible. Mais Hercule fit son apparition et souleva le géant, puis l'étrangla.

Dans la mythologie scandinave, on raconte que des géants de roche et de glace combattirent les dieux depuis leurs demeures géantes de Jotunheim. Les géants qui désiraient détruire le monde s'en prirent aux dieux à Ragnarok. De tous les dieux haïs par les géants, Thor, le dieu du tonnerre, était le plus détesté. Souvenez-vous, il s'agit du dieu avec le marteau créé par les nains.

Pour revenir à *Eragon* et à *L'Aîné*, il est fort probable que les géants peuplant la terre depuis l'aube des temps soient en réalité inspirés des géants décrits dans le livre de la Genèse, qui fait partie de la Bible. Dans la Bible, les géants dominaient la terre il y a bien longtemps, et Goliath, assurément le plus célèbre des géants, fut tué par David.

Et maintenant, qu'en est-il de l'Ombre ? Qui ou qu'est-ce dans *Eragon* ? S'agit-il d'un géant, d'un troll, d'un nain, d'un elfe, d'un dragon ou d'autre chose ?

Ce n'est que ce que nous en connaissons dans les deux romans : l'Ombre possède d'incroyables dons de magie. Il lui suffit par exemple de marmonner quelques mots pour embraser plusieurs forêts d'un simple mouvement de la main. En criant

« Garjzla ! », l'Ombre fait jaillir de ses paumes d'impressionnantes boules de feu, un peu comme dans les dessins animés japonais du type *Dragon Ball Z.* Il est également capable de déplacer mentalement des objets (don que nous étudierons d'un peu plus près au chapitre suivant). Dès la toute première page d'*Eragon*, l'auteur nous apprend que l'Ombre est de grande taille et qu'il ressemble à un humain, si ce n'est qu'il a les yeux pourpres (pas vraiment une couleur d'yeux qu'on a l'habitude de voir). Quant à ses cheveux, ils sont d'un rouge cramoisi. Pis, l'Ombre est de mèche avec les vilains Urgals.

Les Urgals, d'ailleurs, sont également décrits dès la première page d'*Eragon.* Paolini nous apprend qu'ils ressemblent à des hommes, qu'ils ont des bras puissants et des jambes courtes et arquées. Ils sont bâtis pour l'action, leur sang est noir, et une paire de cornes tordues pousse au-dessus de leurs petites oreilles. Les Urgals sont des créatures totalement maléfiques, dont le plus grand plaisir consiste à raser des villages entiers et à massacrer la majorité de leurs habitants.

Cela dit, l'Ombre et les Urgals ne sont pas vraiment amis. Toujours dans les premières pages d'*Eragon*, l'Ombre fait feu sur les Urgals et les tue.

Il y a fort longtemps, Galbatorix aurait fréquenté un autre Ombre (les Ombres sont apparemment plusieurs), et ce dernier se serait servi de la magie noire pour pousser un Dragonnier à la révolte. Ce fut le début de toutes sortes de maux qui ont abouti à la situation que connaît Eragon.

La dernière des créatures d'*Eragon* que nous nous devons d'étudier est bien évidemment le corbeau blanc. Il porte le nom de Blagden et croasse des mots qui font clairement référence au célèbre poème d'Edgar Allan Poe, « Le Corbeau ». Il dit par exemple : « Et sur la porte est gravé jusqu'à la fin des âges... ».

Blagden sauva la vie du père d'Arya au cours d'un combat mené contre un Urgal. Le corbeau eut juste le temps de picorer les yeux de la créature. Quant au père de la princesse elfe, il fut si reconnaissant qu'il dota l'oiseau de pouvoirs magiques. Et cette magie coûta à Blagden la couleur de ses plumes.

Mais qui est donc Edgar Allan Poe et qu'en est-il de son fameux corbeau ? Poe fut un écrivain américain fort célèbre, auteur d'histoires et de poèmes fantastiques au tout début du XIXe siècle (il est mort en 1849). Citons parmi ses nombreux récits *La Lettre volée*, *Le Cœur révélateur* et *Double assassinat dans la rue Morgue*, considéré à juste titre comme la première histoire moderne de détective jamais écrite.

Dans « Le Corbeau », écrit par Poe en 1845, quelqu'un chuchote le mot Lénore par une nuit lugubre. On entend un tapotement sur une vitre, et lorsque le narrateur ouvre les volets, un corbeau vient se percher au-dessus de la porte de sa chambre et lui dit ces mots : « Jamais plus. » Quant à notre homme, il semble incapable d'en saisir le sens.

Le poème nous raconte le désarroi d'un homme seul qui a perdu son grand amour, Lénore.

Un corbeau murmure le nom de la bien-aimée avant de croasser « Jamais plus ». Pour l'homme, l'animal chuchote ce mot, non pas parce qu'il est intelligent, mais parce qu'un maître fort doué lui a probablement appris comment le prononcer. En réalisant que le corbeau s'apprête à répondre « jamais plus » à toutes ses questions, l'homme décide de lui demander s'il existe un baume de Judée ou si Lénore se trouve au paradis. Finalement, le narrateur abandonne et dit au corbeau : « Arrache ton bec de mon cœur et précipite ton spectre loin de ma porte ! », avant de s'approcher de l'ombre laissée par le corbeau sur le sol. L'âme de l'homme ne pourra plus jamais s'élever, prisonnière de cette ombre. Jamais plus.

Lorsque Blagden fait référence à la porte et à la fin des âges, il s'inspire directement des paroles du corbeau de Poe. Et, bien qu'il soit intéressant de remarquer l'utilisation du corbeau dans les romans de Paolini, il est également intéressant de noter l'empreinte d'éléments puisés dans le folklore populaire, comme les trolls, les géants, voire les spectres, qui sont mentionnés mais n'apparaissent pas à proprement parler dans *Eragon* et dans *L'Aîné*. Outre les dragons et les elfes, les créatures les plus importantes des deux romans semblent être les nains.

LES SEPT NAINS DE WALT DISNEY

Tout le monde se souvient probablement du célèbre dessin animé Blanche-Neige et les sept nains *de Walt Disney, tourné en 1937. Dans ce film, une méchante reine cherche à se débarrasser de sa belle-fille, Blanche-Neige.*

Qui peut porter un nom pareil ? Imaginez un peu si une fille baptisée Blanche-Neige débarquait à l'école ?

À cause de la méchanceté de la reine, Blanche-Neige doit partir se cacher dans la forêt auprès de sept nains. C'est alors que la reine se transforme en sorcière et fait manger à Blanche-Neige une pomme empoisonnée.

Je me souviens de toutes ces maudites pommes que les parents du voisinage fourraient dans mon panier le soir d'Halloween. Mes amis et moi haïssions ces pommes, comme nous détestions ceux et celles qui nous les avaient offertes. Puis la paranoïa des adultes s'installa, sans doute justifiée, et donner des pommes pour Halloween devint presque un crime. Ces fruits auraient bien pu être empoisonnés, non ? Mais je ne suis pas née en 1937 – eh non, je ne suis pas aussi vieille – et je doute que le dessin animé de Walt Disney soit la cause de cette paranoïa.

Quoi qu'il en soit, Blanche-Neige croque la pomme et tombe dans un profond sommeil dont elle ne peut se réveiller. À moins que... un beau prince vienne l'embrasser.

Bien sûr, le prince charmant déboule, la trouve étendue dans son cercueil de verre, lui offre un doux baiser, et voici que la belle revient à elle pour connaître une vie parfaite et un bonheur éternel.

C'est un conte de fées. Dans la vraie vie, je doute que vous puissiez manger une pomme empoisonnée sans casser votre pipe. Quant aux chances de ne pas *voir débarquer un beau prince charmant fermement décidé à vous embrasser, elles sont, disons, de 99,9999999999 %, de sorte que votre corps et votre cerveau resteront à l'état de légumes.*

À vrai dire, Walt Disney n'est pas à l'origine de ce conte de fées. Comme les nains de Christopher Paolini, les nains de Disney ainsi que sa Blanche-Neige s'inspirent de très anciennes légendes populaires. En ce qui concerne la douce Blanche-Neige, certains pensent que son créateur est Charles Perrault, qui vécut entre 1628 et 1703. En effet, Perrault est l'auteur de nombreux contes de fées, tels que Le Petit Chaperon rouge, La Belle au bois dormant *et* Cendrillon. *Mais l'histoire de Blanche-Neige est attribuée aux frères Grimm, deux autres illustres auteurs de contes de fées. Ils en publièrent un paquet au début du XIXe siècle.*

Revenons à Blanche-Neige et à ses sept nains. Vous vous souvenez de leurs noms ? Réfléchissez-y une minute.

Creusez-vous les méninges…

Prenez votre temps.

Si vous me répondez qu'aucun d'entre eux ne porte de nom, je m'incline devant votre grande connaissance des contes de fées. Car, en effet, aucun des nains originels ne portait de nom. Chapeau !

Comme la plupart d'entre nous, cependant, vous allez probablement tenter de dresser la liste des sept nains du dessin animé de Walt Disney. La voici : Timide, Prof, Simplet, Grincheux, Joyeux, Dormeur et Atchoum.

Et, pour conclure, rien de tel qu'un petit tour d'horizon de leurs différents noms à travers le monde.

Timide : Pimpel (en allemand), Flovmand (en danois), Mammolo (en italien).

Prof : Chef (en allemand), Brille (en danois), Kloker (en suédois).

Simplet : Dumpe (en danois), Dunga (en portugais), Cucciolo (en italien), Kuka (en hongrois).

Grincheux : Gnavpot (en danois), Butter (en suédois), Sinnataggen (en norvégien), Brontolo (en italien).

Joyeux : Glücklich (en allemand), Gongolo (en italien).

Dormeur : Schlafmutz (en allemand).

Atchoum : Nuhanena (en finnois).

La magie : mais comment diable font-ils tout ça ?

Dans le chapitre précédent, nous avons brièvement évoqué les dons de magicien de l'Ombre : comment il était capable d'embraser une forêt entière rien qu'en marmonnant quelques mots, ou de déplacer un objet par la simple force de sa pensée. Mais il existe de nombreuses autres manifestations de magie dans *Eragon* et dans *L'Aîné*.

Par exemple, au tout début d'*Eragon*, une elfe brandit un saphir au-dessus de sa tête, prononce quelques mots magiques, et pof, la pierre précieuse disparaît alors qu'une couleur d'émeraude illumine la forêt. Elle a téléporté, ou transporté la pierre en question d'un endroit à un autre.

Lorsque son dragon fut tué, Galbatorix devint à moitié fou et erra au sommet de la Crête, bien décidé à chasser en s'aidant de la magie. Nous ne savons pas vraiment comment il s'y prit, ni quel type de magie noire lui enseigna l'Ombre, lorsqu'il l'aida à dresser un Dragonnier contre ses congénères. Nous apprenons également que Brom montre à Eragon comment tuer du gibier en utilisant le langage des elfes.

Les elfes, bien évidemment, possèdent d'incroyables dons de magie. Brom raconte à Eragon comment ceux-ci emploient un langage secret comme base de cette magie. Ce langage décrit la véritable nature des choses, et non les aspects superficiels visibles aux yeux de tous, lui explique-t-il. En prononçant les mots qui définissent la nature élémentaire des choses, une personne (mais aussi un elfe ou encore un dragon) peut déclencher le feu, l'eau, les inondations, voire faire de la téléportation. En prononçant le nom véritable, mais dissimulé, de quelqu'un, un être doué de magie peut même provoquer la folie chez cette personne. Et si elle ne perd pas la raison à l'écoute de son nom intérieur, c'est qu'elle a une formidable maîtrise de ses impulsions.

Dans notre monde, la magie a toujours fait peur. Il faut dire qu'elle est bien souvent associée aux sorcières et autres créatures démoniaques. Angela l'herboriste pourrait tout à fait être considérée comme une sorcière. Elle se sert d'herbes et de potions magiques, jette des sorts et fait appel à la sorcellerie. Elle prédit également le futur à l'aide de boules de cristal, de cartes de tarot et d'autres procédés magiques.

Toujours dans notre monde, une sorcière est quelqu'un qui, par définition, connaît son affaire niveau sorcellerie et arts de la magie. En anglais, le terme « sorcière » s'écrit *witch* et provient de l'anglais médiéval *witche* qui, à son tour, dérive des termes *wicca*, *wicce* ou encore *wiccian*, issus du très vieil anglais. Ces termes étaient utilisés pour désigner une personne capable de sorcellerie. Et encore aujourd'hui, de nombreuses sorcières prétendent pratiquer la religion de la *wicca*.

En général, ces mêmes sorcières sont friandes de rituels, de sorts, d'herbes, d'énigmes, de crapauds et de charmes, tous destinés à manipuler la nature, les gens et les objets inanimés. Elles conversent avec les esprits, savent devenir invisibles et revêtir plusieurs formes, et elles possèdent le don de guérir un animal ou une personne blessés par le simple toucher. Bien que certains hommes en fassent partie, l'on associe bien souvent des sorcières à des femmes.

Tout au long de l'histoire, les sorcières n'ont cessé d'être craintes et détestées, considérées comme de vieilles créatures malfaisantes dont la principale occupation consistait à jeter des sorts. Les Assyriens de l'Antiquité, par exemple, croyaient en l'existence des sorciers, des sorcières et des enchanteurs. Dans les civilisations grecque et romaine de l'Antiquité, on pensait que les sorcières avaient des pouvoirs surnaturels et magiques, et recouraient aux herbes et aux potions. Pour beaucoup de Romains, les sorcières étaient même capables de faire descendre la lune du ciel. Ils pensaient qu'elles dessinaient des cercles magiques, préparaient des potions d'amour (appelées philtres) et entraient en relation avec l'esprit des défunts. Les sorcières possédaient également le mauvais œil : elles pouvaient tuer quelqu'un rien qu'en le regardant. Pour certains, ce mauvais œil fonctionne même si la sorcière n'utilise que sa pensée pour faire le mal.

En plus des cercles magiques, des balais volants, des dons d'invisibilité, de la capacité à revêtir plusieurs formes, des rituels, des mauvais sorts, des herbes, des philtres d'amour et des conversations avec les morts, les sorcières ont pour habitude d'être toujours entourées par des animaux ou des esprits qui leur tiennent compagnie et leur permettent de commettre toutes sortes de vilaines actions. Dans le cas d'Angela, ce petit compagnon est son chat-garou Solembum.

Entre 1450 et 1800, les Européens chassèrent, torturèrent et massacrèrent les sorcières. Toute une série d'horreurs furent commises par des personnes soi-disant pieuses, convaincues que les sorcières détestaient tout le monde, suçaient le sang des humains et couchaient avec les démons. Pouvaient être désignés comme sorciers les jongleurs, les magiciens, les diseuses de bonne aventure, les enchanteurs et les charmeurs.

Cette haine des sorcières se répandit aux quatre coins de l'Europe avant de pénétrer aux États-Unis, où le terrible procès des sorcières de Salem conduisit à la potence un nombre incalculable de femmes et de jeunes filles. Leurs bourreaux les condamnèrent comme sorcières en se fondant sur plusieurs signes, dont le fait de ne pas pleurer, la présence sur le corps de grains de beauté, la laideur ou la difformité physique, le handicap mental, la pauvreté et la mauvaise humeur. Si une femme ou une jeune fille ne faisait pas l'unanimité parmi ses camarades ou ses concitoyens, elle était considérée comme une sorcière et torturée, avant d'être pendue puis brûlée. Pour faciliter les confessions, les familles des accusées étaient elles aussi torturées sous leurs yeux.

Dans d'autres cultures, les sorcières sont associées au mal. Les Navajos croient que les sorciers sont des hommes et des femmes cupides qui s'en prennent aux autres par jalousie. Ils pensent aussi que, pour être une sorcière, il faut commettre un meurtre, profaner une tombe, manger un cadavre, tenir des sabbats à minuit ou rendre les gens malades.

Nous avons déjà tous entendu parler des assemblées de sorcières, et l'on a coutume d'affirmer que ces dernières ont des chefs. En l'an 1324, en Irlande, une certaine Alice Kyteler de Kilkenny fut accusée d'avoir pris part à un sabbat composé de treize sorcières. Au Moyen Âge, les sorcières étaient torturées jusqu'à ce qu'elles avouent appartenir à des assemblées – ces dernières étaient en réalité des organisations secrètes qui commettaient d'horribles choses. En 1662, la sorcière écossaise Isobel Gowdie confessa à ses inquisiteurs que les sorcières se réunissaient en assemblées.

Aujourd'hui encore, de nombreuses sorcières disent appartenir à des assemblées vieilles de plusieurs centaines d'années. Elles affirment être les descendantes directes de lignées de sorcières et d'enchanteurs.

Généralement, une assemblée de sorcières est composée de douze membres, plus un leader mâle qui, selon les chasseurs de sorcières, est le diable en personne ou l'un de ses représentants humains. Durant les procès des sorcières de Salem, certains témoignages indiquèrent que chaque assemblée comprenait un chef, ainsi qu'une jeune et belle vierge, censée accompagner ce dernier au cours du sabbat.

Les assemblées d'aujourd'hui sont légèrement différentes de celles que je viens tout juste de décrire. En gros, ces assemblées modernes se réunissent pour le sabbat au moment de la pleine lune. Elles se rassemblent également pour huit fêtes saisonnières. L'assemblée possède un temple où les sorcières se regroupent au centre d'un cercle s'étendant sur près de cinq kilomètres dans chaque direction. Les sorcières membres sont supposées vivre à l'intérieur de cette zone. Cela dit, il semble peu probable que ces règles soient aujourd'hui respectées à la lettre.

De plus, les assemblées modernes n'ont pas de chef masculin escorté par sa magnifique jeune vierge. Elles sont présidées par une grande prêtresse représentant la déesse des sorcières. Et si un prêtre est présent dans l'assemblée, la prêtresse, ou déesse, conserve tout de même l'autorité suprême. Quant à la jeune vierge, si vierge il y a, elle est davantage une assistante administrative qu'une escorte érotique.

La grande prêtresse enseigne la magie aux autres sorcières, purifie le cercle magique de l'assemblée et communique avec la déesse suprême. Elle contrôle les esprits ainsi que les éléments, et prend les rênes de tous les principaux rituels, chants et manifestations de magie de l'assemblée. En règle générale, il n'existe pas de reine des sorcières.

La déesse suprême est également connue sous le nom de Terre mère ou Dame Nature. Sa fécondité est inépuisable et elle est à l'origine de toute forme de vie sur terre. Elle crée et détruit, contrôle les éléments et réside sur la Lune qui, aux yeux des sorcières, constitue la source de tout pouvoir magique. Elle est vénérée depuis le paléolithique. Les hommes des premières religions priaient et faisaient des sacrifices en l'honneur de cette Terre mère, en lui attribuant tous les noms possibles et imaginables. Certains mythes prétendaient même que la Déesse était une femme qui s'autofécondait et avait donné naissance à la totalité des êtres vivants. De nombreuses sociétés originelles avaient des femmes pour chefs : elles étaient donc matriarcales et non patriarcales.

Vous avez sûrement déjà vu au musée des sculptures de femmes aux attributs très exagérés. Ces sculptures symbolisent probablement la manière dont les cultures préhistoriques se représentaient la Terre mère, ou Déesse. Ce sont les hommes de Cro-Magnon du paléolithique supérieur (entre 35 000 et 10 000 av. J.-C.) qui réalisèrent ces sculptures païennes, souvent baptisées « Vénus ». Les hommes de Cro-Magnon représentèrent également des scènes d'accouchement sur les murs de leurs cavernes. La Vénus de Laussel, sculptée environ 19 000 ans avant J.-C. dans le sud de la France, est peinte en rouge. Couleur qui, selon de nombreux spécialistes, symbolisait le sang de la naissance. De 4 500 à 3 500 av. J.-C., on continuait à vénérer ces sculptures. En Afrique, entre 7 000 et 6 000 av. J.-C., la déesse à cornes, une créature spirituelle bisexuelle autofécondante, fut sculptée sur les murs d'une caverne. L'Égypte antique possédait elle aussi sa déesse, sous la forme de Ta-Urt, à savoir une femelle hippopotame enceinte. Vers 4 000 av. J.-C., la reine et les princesses sumériennes étaient associées à cette déesse, tandis que le roi et les princes étaient, de leur côté, associés à Dieu.

Entre 1 800 et 1 500 av. J.-C., à l'époque où Abraham vivait dans le pays de Canaan, le culte de cette déesse commença à décliner. Plus tard, l'Église alla même jusqu'à dénoncer les religions et les rites païens qui y faisaient référence. Au Moyen Âge, la déesse païenne Diane rencontra un fort succès et l'Église réprima son culte.

Diane est la déesse de la lune et demeure l'une des représentations les plus significatives de la sorcellerie moderne. C'est une divinité qui symbolise l'indépendance, l'estime de soi, le courage et qui possède les attributs positifs associés à l'adoration de la lune. Diane est la déesse protectrice moderne de toutes les sorcières.

De nos jours, la déesse est fortement associée à Gaïa, conscience vivante de la Terre, du nom de la déesse grecque, Gaïa. Bien évidemment, l'Ombre, les elfes et Eragon utilisent les mots « magiques » ancestraux et cachés pour se connecter aux forces élémentaires du monde : la terre, l'air, l'eau et le feu.

On sait que la vie sur terre influence la planète de plusieurs façons. Chaque forme de vie affecte une autre forme de vie ; les animaux influent sur les plantes, et vice versa ; l'environnement est directement affecté par ce que les créatures font sur terre. La planète constitue une toile complexe composée de vie et d'objets inanimés : les rochers, les nuages, l'air, toutes ces choses entrent en relation avec les humains, les animaux et les plantes, en une sorte de système interactif des plus élaborés.

Nous avons cité le mot « éléments » à de nombreuses reprises. Ces éléments – la terre, l'air, l'eau et le feu – jouent un rôle majeur dans les rites de sorcellerie et coïncident avec les quatre points du cercle magique. Ils renvoient également aux esprits, ou catégories élémentaires, dont nous avons longuement parlé dans le chapitre consacré aux elfes. Les esprits terrestres, incluant les elfes et les nains, sont appelés « gnomes ». Les esprits de l'air se nomment « sylphes », ceux de l'eau sont baptisés « ondines », quant à ceux du feu, ils portent le nom de « salamandres ».

Les sorcières sont capables de créer certains esprits par la simple pensée ; ces esprits agissent puis disparaissent. L'on trouve également d'autres esprits au cœur de la nature, qui sont liés aux animaux, aux rochers, aux insectes, aux plantes et ainsi de suite.

Les éléments eux-mêmes sont dérivés de très anciennes croyances, à l'image des différentes catégories d'êtres imaginées par Platon : la terre et les êtres à deux ou quatre pattes ; l'air et les oiseaux ; l'eau et les poissons ; le feu et les étoiles. Les occultistes (ou adeptes des sciences occultes) pensent qu'il faut contrôler la totalité des éléments avant de pouvoir prendre les rênes du royaume spirituel.

Les compagnons des sorcières, comme le chat-garou d'Angela, sont source d'énergie élémentaire. Et les sorcières bénissent leurs instruments rituels avec les quatre éléments. Même le cercle magique est consacré avec ces derniers. Le centre reliant tous les éléments constitue la connexion entre les sorcières et la conscience cosmique. Comme pour Gaïa, les cercles de sorcières et les croyances concernant les éléments – tout est vivant au sein de la nature, et relié par une conscience cosmique – sont présents dans les légendes et les mythes. Ils sont à la base de la magie des elfes dans *Eragon* et *L'Aîné*, ainsi que dans bon nombre d'autres récits de fantasy.

Un cercle de sorcière représente une sorte de limite à l'intérieur de laquelle s'exerce un concentré de pouvoir magique. Le cercle est une porte ouvrant sur le royaume des dieux, ou sur la conscience cosmique, et symbolise la complétude de l'univers.

Dans les temps anciens, les sorcières dessinaient des cercles autour des malades ou des nouveau-nés afin de les protéger du mal. L'on trouve toujours des vestiges de cercles de pierre païens partout en Angleterre.

Les sorcières doivent respecter toute une série d'instructions spécifiques durant la mise en place de ces cercles. Le cercle doit être tracé à une certaine heure de la journée, et seulement si les conditions astrologiques le permettent. Il faut également utiliser un instrument sacré. Avant de dessiner un cercle sur le sol, celui-ci doit être soigneusement frotté et nettoyé. Parfois, certaines sorcières vont jusqu'à le saupoudrer de sel pour définir la localisation du périmètre. La plupart de ces cercles mesurent environ trois mètres de diamètre. Pour les tracer, la sorcière qui préside se déplace en respectant le mouvement des aiguilles d'une montre, afin de représenter le mouvement de la Lune et des autres entités cosmiques ; pour créer un cercle négatif de magie, elle se déplace dans le sens inverse des aiguilles d'une montre. Une fois le cercle tracé, la sorcière le consacre avec les quatre éléments et demande aux esprits de le protéger des démons.

Le quart nord du cercle est associé à la puissance suprême, aux ténèbres et au mystère. Comme les païens baptisaient souvent leurs temples en faisant face à l'étoile du nord, le nord fut immédiatement associé au diable chrétien. Les portes situées au nord, dans les très vieilles églises européennes, sont souvent appelées « portes du diable ». Et les cérémonies chrétiennes ont rarement lieu au nord des églises.

Le quart sud du cercle est associé à la concentration d'énergie créée par la nature et à la volonté psychique. Cette zone représente le soleil, ainsi que l'élément feu et la baguette (ou le bâton) magique.

Le quart est représente, quant à lui, l'illumination et l'éclaircissement. Il est associé à l'épée et à l'élément air. L'autel est généralement orienté vers l'est et, bien souvent, les sorcières sont convaincues que la conscience spirituelle siège surtout dans cette zone.

Le quatrième et dernier quart, situé à l'ouest du cercle, est le lieu où les sorcières font leurs offrandes et où se déroulent les cérémonies. Il est associé à la grande déesse, Gaïa ou la Terre mère. Bizarrement, il existe peu de recommandations quant à la construction de l'autel. Une règle indique simplement que le fer et l'acier ne doivent surtout pas être utilisés. Car ces métaux interfèrent avec les énergies magiques créées par les instruments rituels composés de métal.

Les sorcières disposent sur l'autel différents objets d'adoration. L'athamé, une dague à double lame et à manche noir, longue d'une quinzaine de centimètres, concentre l'énergie et symbolise l'élément feu. Principal instrument rituel, l'athamé est utilisé pour tracer le cercle magique, invoquer et libérer les puissances présentes à l'intérieur des différents quartiers. On ne l'utilise que pour dessiner un minuscule passage dans le cercle, afin que les gens puissent y pénétrer, ou encore pour découper un gâteau de rituel, du pain ou une corde. La bolline, une dague à double lame et au manche blanc, de la même taille que l'athamé, est quant à elle utilisée pour couper les herbes magiques ou encore graver les runes. Cette dague, tout comme l'athamé, symbolise l'élément feu. Le *peyton* est un disque arborant un pentacle. On le place au centre de l'autel où il symbolise l'aspect féminin de la vie. La baguette représente l'élément air et peut être utilisée à la place de l'athamé pour tracer le cercle et invoquer les quartiers. Bien évidemment, la baguette magique est également utilisée pour jeter des sorts. La double hache (ou labrys) est elle aussi employée pour diriger l'énergie. On trouve sur l'autel de nombreux cristaux, des huiles, du sel, de l'eau, du vin et des cloches, ainsi que des statues et des images divines. L'encensoir, lui, purifie l'air à l'intérieur de l'espace sacré. Enfin, on trouve des chaudrons et des balais près de l'autel lors des cérémonies magiques.

Le Livre des ombres est un ouvrage moderne auquel les anciennes sorcières n'ont jamais eu accès. Dans ce livre, on trouve des remèdes à base d'herbes, des sorts, des chants, des danses, des règlements, des rituels et d'autres éléments relatifs à la sorcellerie. Il n'existe pas de *Livre des ombres* que l'on pourrait comparer à une bible des sorcières. En effet, chaque assemblée se doit de posséder son propre *Livre des ombres.* Vous pouvez être sûr que ces grimoires contiennent tous les mots « cachés », synonymes de pouvoir magique, utilisés par les elfes dans *Eragon* et dans *L'Aîné.*

En ce qui concerne les sorts, « faire descendre la lune » constitue l'un des plus importants rituels modernes. Dans ce rituel, une grande prêtresse de l'assemblée est choisie pour devenir la déesse, puis elle déclame de la poésie et entonne des chants mélodieux. Les sorts sont en réalité les mots requis pour qu'un événement se produise. On les connaît aussi sous le nom d'incantations, de chants, de charmes et de runes. Les rituels sont, quant à eux, les actions que l'on doit accomplir pendant que la sorcière prononce les sorts et qui doivent respecter un ordre bien précis.

Dans *L'Aîné*, Oromis demande à Eragon de définir le mot « magique ». Eragon lui répond que la magie est la manipulation de l'énergie par l'usage du langage ancestral. Sa réponse correspond totalement à la façon dont est perçue la magie dans la plupart des livres de fantasy. Bien sûr, respectueux de l'esprit des maîtres de magie disséminés un peu partout, Oromis ajoute que la magie recouvre davantage que l'abracadabra des incantations. Elle a également à voir avec les pouvoirs magiques des jeteurs de sorts. Encore une fois, on retrouve cette pratique des sorts chez les « véritables » sorcières et sorciers à travers les âges.

En plus des sorcières, de leurs livres de sortilèges, de leurs chants et de leurs rituels, les légendes populaires sont remplies d'autres exemples de langages anciens, magiques et « secrets ». Par exemple, le livre fort détaillé intitulé le *Yi-King* décrit un langage qui permet de prédire le futur et d'entrer en communication avec les éléments vitaux fondamentaux. On appelle également cet ouvrage *Le Livre des transformations* ou *Zhouyi*. Il a été rédigé en Chine il y a fort longtemps. Le *Yi-King* était étudié par les adeptes de Confucius durant la dernière période de l'ère Zhou, et fut même l'un des très rares livres autorisés par le gouvernement chinois. En 140 av. J.-C., tous les textes ne se référant pas à Confucius furent exclus de l'académie impériale, ce qui donna naissance à la doctrine du *Yi-King*. Puis l'académie impériale lui consacra quand même une chaire d'étude. Résultat, le *Yi-King* a perduré jusqu'à aujourd'hui.

Avec le temps, *Le Livre des transformations*, ou *Yi-King*, finit par atteindre une aura bien supérieure à celle d'un texte savant. Selon les spécialistes de cette doctrine, il fut rapidement considéré comme un ouvrage « d'écritures sacrées inspirées par la révélation divine. La concentration des pouvoirs divin et temporel dans la personne de l'empereur, en Chine comme dans d'autres sociétés orientales, semble en être la raison. L'empereur n'était pas seulement l'unique responsable des décisions politiques, il était également le Fils du Ciel, le représentant de la divinité parmi les hommes[11] ».

Le *Yi-King* considère l'univers comme un tout naturel, au sein duquel le changement est continuel mais cohérent. La nature humaine et le destin sont étroitement reliés aux principes de l'univers. En étudiant le *Yi-King*, les gens espèrent orienter le cours de leurs actions en harmonie avec les autres individus, la nature et le cosmos dans sa totalité.

Le *Yi-King* est composé de symboles revêtant la forme de soixante-quatre hexagrammes. Chacun d'entre eux est constitué de six lignes horizontales. Tandis que certaines de ces lignes sont pleines,

11. Richard Wilhelm, *Yi-King : Le Livre des transformations* (Librairie de Médicis, 1994).

d'autres sont interrompues par des vides en leur milieu. Les hexagrammes forment un cercle autour d'autres hexagrammes disposés en carré. Chaque hexagramme porte un nom et est formé d'une paire de trois symboles appelés trigrammes. Chacun de ces trigrammes possède une signification différente et, pour comprendre ces significations, il faut se plonger dans le *Yi-King*, qui interprète et commente toutes les significations. Bref, chaque hexagramme symbolise des situations particulières et leur nom se réfère à ces situations, qui à leur tour sont décrites dans le *Yi-King* (vous suivez ?).

On y trouve également des images consacrées aux besoins primaires de l'individu, à sa vie sociale, à ses traits de caractère et ainsi de suite. Par exemple, il existe des images représentant les obstacles, l'oppression, l'abondance, les erreurs de jeunesse ; une femme mariée, l'amitié, la quête, la découverte de l'amour, la famille, la paix, les conflits, la guerre ; la modestie, l'innocence, la vérité, l'enthousiasme ; la joie, l'éveil sexuel, ou encore la gentillesse.

Consulter le *Yi-King*, c'est un peu comme consulter une planchette ouija. Formulez tout d'abord une question portant sur quelque chose que vous avez l'intention de faire. La question doit aller au-delà du type de celles auxquelles peut répondre la planchette ouija, dont les mouvements signifient oui ou non. Par exemple, impossible de poser une question du genre : « Va-t-il pleuvoir aujourd'hui ? » Il vous faut songer à une question beaucoup plus complexe.

Les sortilèges des Dragonniers sont très puissants. À vrai dire, ces derniers possèdent tellement de pouvoir qu'ils peuvent même faire revenir les morts à la vie. Encore une fois, nous ignorons comment une telle chose peut se produire. Nous savons uniquement que c'est possible et que cette magie est la manipulation d'un flot d'énergie.

Peut-être que les personnes concernées ne sont pas vraiment mortes. Peut-être sont-elles réduites à l'état de zombies et les Dragonniers les font-elles revenir d'un état s'apparentant à la mort. En réalité ce genre de chose s'est déjà vraiment produit : une personne peut être présumée morte, mise en bière et enterrée, puis revenir soudainement à la vie.

La notion de zombies tire son origine de la culture vaudoue haïtienne. Le mot « zombie » provient du terme haïtien *zombi*, qui signifie « esprit du mort ». Les prêtres vaudous, appelés « bokors », se sont suffisamment frottés à la magie noire pour savoir comment ressusciter un mort à l'aide d'une poudre (appelée « coup padre »).

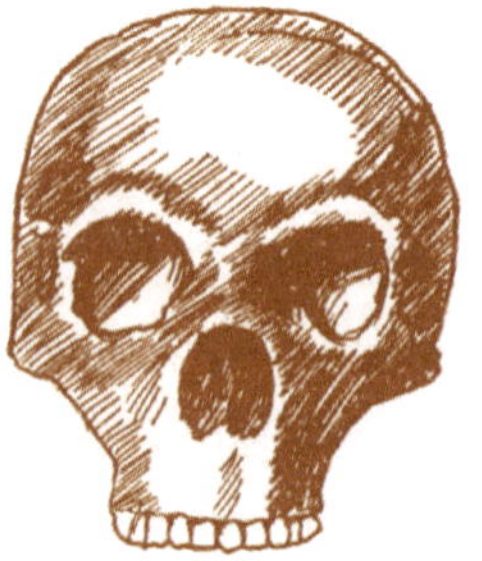

Le premier des ingrédients de cette poudre est la tétrodotoxine mortelle issue du poisson-globe, ou poisson porc-épic, le fugu. La tétrodotoxine provoque rapidement une paralysie, une détresse respiratoire puis des convulsions. Elle est cinq cents fois plus mortelle que le cyanure. Une infime dose de cette tétrodotoxine peut tuer un homme.

Comment est concocté cet étrange poison ? Le bokor enferme tout d'abord un crapaud-bœuf (également appelé *bufo marinus*) et un serpent de mer à l'intérieur d'un bocal. Après que le crapaud et le serpent ont succombé à l'excès de rage dû à l'enfermement, il extrait leur venin. Les sécrétions du crapaud contiennent de la bufogénine et de la bufotoxine, chacune étant cent fois plus mortelle que de la digitale, ou digitaline. Ces puissants neurotoxiques augmentent les pulsations cardiaques de la victime. De plus, ces sécrétions contiennent également de la bufoténine, une drogue hallucinogène très puissante.

À ces drogues, le bokor ajoute des mille-pattes et des tarentules, ainsi que des graines de tcha-tcha, qui provoquent des œdèmes pulmonaires, mais aussi des graines non toxiques, des feuilles d'anarcadier et des feuilles de brésillet (ces deux catégories de feuilles sont associées au sumac vénéneux, appelé également « herbe à la puce »). Après avoir malaxé tous ces ingrédients pour en faire une poudre, le bokor enterre la préparation pendant deux jours. Puis, il y ajoute deux plantes issues de la famille des orties piquantes et comprenant un venin qui agit comme de l'acide formique sous l'épiderme de la victime. Le bokor y ajoute également de la dieffenbachia aux aiguilles semblables à du verre, responsable du gonflement de la gorge de la victime, ainsi que de sa grande difficulté à respirer et à parler. Sans oublier les aiguilles affûtées du pin bwa. Attendez, ce n'est pas encore terminé...

Le bokor ajoute ensuite quelques animaux venimeux à cette sympathique poudre mortelle. Deux espèces de tarentules sont réquisitionnées et mêlées à la peau de trois grenouilles blanches. Un nouveau crapaud-bœuf échoue dans la mixture, suivi de près par quatre types de poissons tétraodontidés, dont le fugu. Quant au dernier ingrédient requis, ce n'est ni plus ni moins que de la chair humaine.

Lorsque qu'une famille, ou une communauté, haïssait profondément quelqu'un, elle faisait appel au bokor pour transformer cette personne en zombie.

Après avoir ingéré la poudre, le malheureux villageois se sentait soudain hagard et engourdi. Ses lèvres et sa langue étaient comme ankylosées, puis ses doigts, ses bras, ses orteils et ses jambes ; enfin c'était au tour du reste de son corps de subir le même sort. Il se sentait mal et extrêmement affaibli, flottant, nauséeux. Il vomissait et était pris de violentes diarrhées, de douleurs d'estomac et de maux de tête. Très vite, ses pulsations cardiaques battaient la chamade et il éprouvait de grosses difficultés à marcher et à s'exprimer. Finalement, la paralysie le gagnait : sa respiration devenait moins profonde, son cœur cessait tout simplement de battre et la température de son corps tombait en flèche. Son corps prenait une teinte bleuâtre, ses yeux devenaient vitreux. En gros, il tombait dans le coma.

Bien que toujours en vie, la victime était enterrée comme un cadavre. Comble de l'horreur, elle était souvent le témoin horrifié de ses propres funérailles.

Plus tard, le bokor la déterrait et la ramenait à la vie. La victime conservait son apparence d'avant l'injection du poison mais son âme était définitivement éteinte. Fortement traumatisée, elle était convaincue d'avoir été réanimée ou, mieux, ressuscitée. Tel un robot dépourvu de cerveau, ce nouveau zombie demeurait à la merci du bokor et accomplissait tout ce qu'il désirait. Le bokor administrait alors à son nouveau zombie une mixture hallucinogène composée de datura stramoine, de canne à sucre et de patate douce. Il n'existe absolument aucun antidote à la tétrodotoxine. Ce qui signifie qu'un zombie reste zombie, pour l'éternité.

Penchons-nous maintenant sur le phénomène de la téléportation. Est-il possible que l'Ombre puisse transporter instantanément une chose d'un endroit à un autre ? La dame elfe peut-elle réellement télétransporter l'imposant saphir, comme on peut le lire au début du premier roman ?

Dans le monde réel, la téléportation semble de plus en plus réalisable. Certains scientifiques affirment même qu'une telle chose est aujourd'hui possible grâce à la technique dite de l'enchevêtrement quantique.

En termes simples, l'enchevêtrement quantique signifie ceci : lorsque deux choses sont entrées en interaction, l'une sait toujours ce qui arrive à l'autre. Et réciproquement. Même lorsqu'elles sont très éloignées – séparées par un océan ou un continent, disons –, chacune de ces deux choses sait ce qui advient à l'autre, un peu comme avec un résonateur magnétique.

De minuscules éléments tels que les protons et d'autres particules sont associés à des ondes. Lorsque les ondes de deux particules quantiques s'enchevêtrent, on a affaire à l'enchevêtrement quantique. Si ces deux particules s'éloignent l'une de l'autre, leurs ondes s'étendent et maintiennent la communication entre elles. Et ce, même si elles sont situées de chaque côté de l'univers. Sachant qu'il n'existe pas d'univers parallèles – du moins, personne n'en a encore prouvé l'existence –, il est difficile de comprendre comment une telle chose peut se produire.

Si l'on divise un atome pour produire deux particules tournant dans deux directions opposées, alors l'on dit de ces particules qu'elles sont enchevêtrées. Si l'une est polarisée à l'horizontale, l'autre sera polarisée verticalement.

Une série d'expériences a démontré que deux particules dotées de deux polarisations différentes pouvaient s'enchevêtrer aux deux extrémités d'une pièce. Lorsqu'un atome se divise et produit deux photons qui tournent selon des directions et des polarisations différentes, alors ces deux photons deviennent enchevêtrés.

Les photons sont des particules quantiques appelées spin 1, qui se déplacent à la vitesse de la lumière. Chacun de ces photons se meut selon une certaine direction. Si vous pouviez voir un photon s'approcher, il semblerait être ou gaucher ou droitier, en fonction de sa rotation. Notez que nous parlons ici de rotation comme si le photon était une particule.

Le phénomène de polarisation, en revanche, est lié à la propriété ondulatoire de la lumière. Selon les équations de Maxwell, que nous n'explorerons pas en profondeur dans cet ouvrage, les champs électrique et magnétique d'une onde lumineuse oscillent en angles droits, suivant la direction vers laquelle se déplace la lumière. Une polarisation de photon fait référence à la manière dont oscille un champ électrique. Les photons peuvent être polarisés dans de nombreuses directions, mais si l'on utilise un filtre polarisant (pensez aux lunettes de soleil), alors la lumière peut se trouver contrainte d'osciller dans des directions spécifiques. Si un filtre est incliné dans une direction particulière, dans ce cas la polarisation des photons prendra une direction particulière.

À l'aide d'ordinateurs très performants, les scientifiques peuvent aujourd'hui modifier un photon, et s'apercevoir que l'autre photon est affecté exactement de la même façon. Par exemple, si un photon s'envole en suivant une trajectoire verticale et devient polarisé à l'horizontale, alors l'autre photon se polarise lui aussi horizontalement.

En mettant en pratique la technique de l'enchevêtrement quantique, une équipe de scientifiques australiens est parvenue à déplacer tout un faisceau laser sur une distance de près d'un mètre. Ils ont ensuite réitéré l'expérience avec deux rayons laser, chacun contenant des milliards de photons tous enchevêtrés avec des photons issus de l'autre rayon. Ils ont légèrement tapoté le premier rayon laser, et tous ses photons se sont « secoués » ; conséquence directe, les photons du second rayon se sont secoués

à leur tour. Plus étonnant encore : lorsque l'information concernant la légère secousse s'est déplacée de photon à photon, le premier rayon laser a purement et simplement disparu. C'était comme si le premier rayon laser s'était téléporté sur une distance d'un mètre : exactement comme dans *Star Trek*.

Selon le magazine américain *Nature* en 2001, « une paire de particules quantiques peut exister dans une superposition enchevêtrée, c'est-à-dire un mélange d'états qui se résout uniquement lorsqu'une propriété physique, telle que la rotation ou la polarisation, est mesurée. L'enchevêtrement quantique est fondamental pour l'évaluation quantique (...). En utilisant une nouvelle méthode pour générer l'enchevêtrement, on a créé un état enchevêtré faisant intervenir deux objets macroscopiques, chacun constitué d'un échantillon de gaz césium contenant environ 10^{12} d'atomes ». Cette expérience a été réalisée par Eugene Polzik au laboratoire d'optique quantique de l'université d'Aarhus, au Danemark. Son équipe a utilisé un rayon de lumière infrarouge. Leur objectif ? Créer un nuage composé d'un billion d'atomes de gaz césium qui soit affecté de la même rotation quantique qu'un autre nuage de césium. En d'autres termes, cela signifie qu'en 2001 des scientifiques faisaient déjà s'enchevêtrer des objets beaucoup plus imposants, et que cet enchevêtrement, qui ne dura que 0,5 millisecondes, leur a offert ce rêve insensé : les ordinateurs quantiques et la téléportation finiront un jour par exister.

Selon le *Christian Science Monitor*, les scientifiques du Danemark sont allés plus loin encore. Ils ont « enchevêtré deux larges bouquets d'atomes dans des récipients voisins. Aux dires de l'équipe, cette expérience constitue la première démonstration d'enchevêtrement entre deux importants bouquets séparés d'atomes, à température ambiante, et pendant une période relativement longue ». Un peu plus tôt, les scientifiques du National Institute of Standards and Technology de Boulder, dans l'État du Colorado, étaient parvenus, quant à eux, à enchevêtrer quatre grappes d'atomes.

Les scientifiques se sont servis des photons enchevêtrés dans le domaine du transfert d'argent et pour développer la cryptographie quantique. La société suisse ID Quantique et la compagnie américaine MagiQ commercialisent actuellement cette technique de cryptographie quantique, principalement à destination de l'armée et d'autres organisations gouvernementales. L'évaluation quantique, pour simplifier, utilise les divers états des photons dans le but de représenter des bribes de données. Elle fonctionne sur de faibles distances de câble à fibre optique, mais les scientifiques espèrent que ses répétiteurs quantiques pourront un jour être utilisés pour permettre la téléportation d'une donnée informatique quantique à des distances bien plus grandes.

Dans le futur (proche ou lointain ?), nous téléporterons des objets sans être obligés de recourir à un équipement scientifique trop élaboré. Mais il est aujourd'hui totalement impossible de savoir si nous serons un jour capables de poursuivre et de tuer d'autres créatures rien qu'en leur jetant des sorts ou par la simple pensée. Tout comme nous ignorons si la télépathie deviendra une forme courante de communication. Toutefois, il faut nous rappeler que ce qui nous semblait de la magie hier tend à devenir la science de demain.

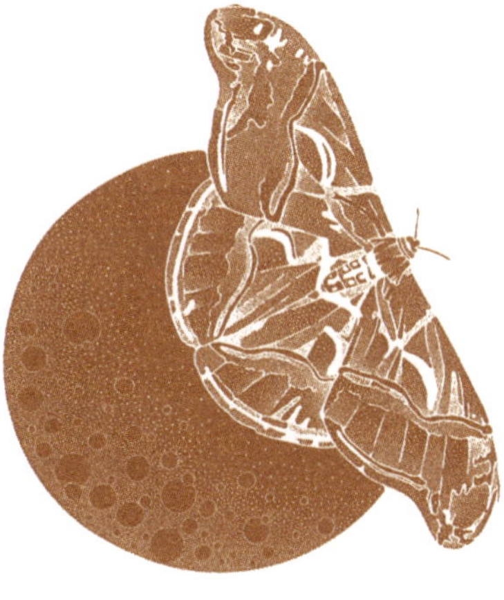

Angela l'herboriste

Si les plantes sont douées de conscience, Angela est-elle une meurtrière ?

À la lecture de *L'Aîné*, nous apprenons que dans la forêt des elfes se trouve un arbre Menoa doué de conscience et d'intelligence. Paolini nous apprend également qu'une femme qui venait d'être abandonnée par son bien-aimé sombra dans le désespoir et vint échouer contre cet arbre où elle resta prostrée durant trois jours et trois nuits. Moi, lorsque je me sens déprimée, je n'ai pas pour habitude d'aller me coller contre le tronc des arbres pendant trois jours et trois nuits. Non, j'ai davantage tendance à me blottir sous mes couvertures et à geindre tel un petit animal blessé. Mais, comme de nombreux personnages de fantasy, la femme en question s'avérait beaucoup plus magique, intéressante et délicieuse qu'une pauvre fille gémissant au fond de son lit.

Elle finit par fusionner avec l'arbre (une fois encore, c'est mieux que faire corps avec son matelas). L'arbre Menoa est une sorte de mélange entre l'humain, le surnaturel et la forêt.

Selon le *Christian Science Monitor* (encore lui), « la minuscule cuscute, une plante parasite très pâle, peut ressentir la présence d'amis, d'adversaires et de nourriture, tout comme elle peut prendre des décisions avisées sur la manière de les approcher. La feuille de moutarde, une plante commune dont le cycle de vie est de six semaines, ne peut se développer si l'apex de la racine, où se trouve une sorte de "cerveau" amylacé chargé de communiquer avec le reste de la plante, est coupé ». De plus, toujours selon le *Monitor*, certains scientifiques pensent que toutes les plantes, y compris les fougères et la flore, sont douées d'intelligence, qu'elles avancent des hypothèses sur le futur et ont la capacité de vaincre des ennemis et de conquérir des territoires. L'article dont il est question cite Anthony Trewavas, un biochimiste de l'université d'Édimbourg, en Écosse, spécialisé dans les plantes, qui estime que la définition humaine de l'intelligence est trop limitative et nécessite d'intégrer le type de pensée « que l'on est amené à rencontrer bien plus souvent dans la vie ».

Le gouvernement américain a récemment attribué des subventions pour permettre l'étude des neurotransmetteurs végétaux qui, pour certains, sont similaires aux neurotransmetteurs humains, à savoir des agents de transmission chimique localisés au cœur même du cerveau. L'oxygène et l'hydrogène s'associent de façon identique pour former du H_2O, que ce soit dans une plante ou chez un animal. Mais il nous faut garder à l'esprit que les cellules animales et végétales diffèrent, et que les transmissions entre ces cellules doivent donc opérer différemment. En d'autres termes, il semble fort peu probable (une chance sur un milliard, disons) que les plantes possèdent un cerveau capable de fonctionner comme le cerveau animal et que leurs neurotransmissions fonctionnent comme les neurotransmissions des animaux.

Les plantes intelligentes ont déjà tenu le haut de l'affiche dans bon nombre d'histoires de science-fiction et de fantasy. L'idée de plantes fusionnant avec les humains constitue le point de départ de nombreux récits. Dans le court roman de Murray Leinster intitulé *Proxima Centauri* (1935), de maléfiques hommes-arbres détournent une navette spatiale. *La Guerre du lierre* de David H. Keller (issu de la série américaine *Histoires fantastiques*) décrit une plante mutante qui prend le contrôle d'une ville entière. Dans le récit « Plants Must Slay » (littéralement : « Les plantes doivent tuer »), un certain John Carstairs, détective de l'espace imaginé par l'écrivain Frank Belknap Long, combat une plante intelligente qui assassine les hommes d'affaires d'une ville astéroïde. Dans *Les Maisons d'Iszm* du grand auteur de science-fiction Jack Vance, les maisons sont en réalité de gigantesques plantes intelligentes faisant régner l'ordre. Dans *Mr. Boy* de James Patrick Kelly, qui fut récompensé par un prix littéraire, une maison construite à partir d'une super-plante vivante fait office de maman d'une jeune enfant. Quant à la plus célèbre des plantes intelligentes, elle se nomme Audrey Junior et n'est autre que la star du film de série B des années 1960, devenu plus tard la comédie musicale *La Petite Boutique des horreurs*.

Sachant que l'on croise souvent des arbres intelligents dans les récits de fantasy et de science-fiction, il est facile de croire à la magie des forêts décrites dans *Eragon* et *L'Aîné*. Surtout lorsque l'on sait que Christopher Paolini s'inspire de la pensée moderne pour dépeindre l'intelligence de ces lieux. Comme le jeune auteur l'écrit dans *L'Aîné*, la conscience des plantes diffère de celle des animaux : lente et décentralisée, mais tout aussi informée de ce qui l'entoure qu'Eragon lui-même. Eragon finit d'ailleurs par déclarer que la vie intelligente est présente partout. C'est l'un des points essentiels des deux premiers romans et cela ouvre, dans le troisième roman encore non publié en France, la possibilité d'avoir une vision accrue du monde qui nous entoure : les plantes, les étoiles ou même les âmes. Je me remémore souvent la trilogie de Philip Pullman, *À la croisée des mondes*, où le monde entier – à savoir plusieurs centaines de mondes parallèles – œuvre en harmonie avec toute chose dotée d'une force de vie, d'une âme, d'une intelligence.

Maintenant, si l'on considère que les plantes du monde d'*Eragon* sont douées d'intelligence, cela fait-il d'Angela l'herboriste une meurtrière ? Si quelqu'un mange des petits pois, doit-on en déduire qu'il dévore une assiette de minicerveaux ?

Eh bien, l'image de l'assiette de minicerveaux est peut-être stupide, mais regardons les choses en face : dans la vraie vie, de nombreuses personnes sont végétariennes car elles refusent de manger d'autres créatures capables d'intelligence, de sentiments, dotées de terminaisons nerveuses et de neurotransmetteurs et pouvant ressentir la douleur. Trouve-t-on, dans le monde d'*Eragon*, des individus refusant de manger les animaux *et* les plantes ? Et si oui, de quoi se nourrissent-ils ? Le pain est fait à partir d'une plante vivante. Existe-t-il une nourriture que l'on puisse manger pendant très longtemps (disons, durant une vie entière) et qui soit constituée d'autre chose que de vie animale et végétale ?

Nous croisons Angela l'herboriste pour la première fois dans *Eragon*, où elle est entourée d'herbes séchées, d'un mortier et d'un pilon. Elle utilise ce mortier et ce pilon pour broyer les herbes et les transformer en remèdes médicinaux. Angela est une guérisseuse et possède un chat-garou magique, baptisé Solembum.

Outre les herbes et les potions, Angela a également des ossements de dragon dotés d'immenses pouvoirs, ainsi que des champignons vénéneux, du soufre, un bouclier de nain et d'autres mixtures pouvant causer la mort immédiate. En plus de savoir préparer elle-même toutes les herbes et les potions, Angela peut prédire l'avenir à l'aide de feuilles de thé, de boules de cristal et de cartes de tarot. Bien évidemment, c'est elle qui prédit le glorieux futur d'Eragon, annonçant la fin du premier roman et le commencement du deuxième.

Dans le précédent chapitre, nous avons un peu évoqué les prêtres vaudous et les zombies. Dans l'absolu, ces sorciers, ou bokors, sont herboristes au même titre qu'Angela. Ils préparent des mixtures à base d'herbes, d'abats d'animaux et d'autres choses étranges. Quelquefois, ces mixtures sont des remèdes pour soigner les blessures et soulager les blessés. D'autres fois, en revanche, ces mêmes remèdes peuvent entraîner la mort ou encore transformer les individus en zombies. Les sorciers sont des guérisseurs, mais ils sont également versés dans la médecine mortelle.

Les herboristes existent depuis la nuit des temps. Et ils sont encore présents aujourd'hui. La prochaine fois que vous vous trouverez dans une parapharmacie, jetez donc un œil du côté des « remèdes naturels ». Allée après allée, vous trouverez des herbes, des potions et des vitamines à base de plantes disposées dans de petits bocaux. La médecine alternative est vivante et florissante.

Des centaines, voire des milliers de remèdes à base d'herbes existent dans notre monde. Angela en moud pour seulement quelques villageois dans *Eragon*, mais elle pourrait faire exactement la même chose pour un plus large public. Mieux, elle vendrait aujourd'hui ses produits sur Internet.

VOICI UN PETIT RÉSUMÉ DES VERTUS GUÉRISSEUSES DE QUELQUES HERBES UTILISÉES DE NOS JOURS :

- ***Vivace*** **(polemonium reptans)** *: Angela pourrait recourir à cette plante pour traiter les maladies pulmonaires. Selon la tradition, elle entraîne une sudation extrême et peut soigner les gorges ulcérées. Certains racontent également qu'elle réduit la toux et facilite la respiration.*
- ***Langue de serpent, ou ophioglosse*** **(ophioglossum vulgatum)** *: Angela pourrait utiliser cette feuille pour les personnes qui ont des rougeurs et des éruptions cutanées. Elle utiliserait également des huiles à base de cette plante afin de soigner les écorchures et les blessures. Elle pourrait même en faire une sorte de jus pour traiter la goutte, le scorbut et d'autres maladies tout aussi sympathiques.*
- ***Alumroot, ou americana*** **(heuchera americana)** *: cette plante contient des composés chimiques appelés tannins, dont certains font dégonfler la chair. Les herboristes y ont recours pour stopper les saignements et apaiser l'inflammation autour des coupures et des cicatrices. Sachant que ces herbes – et les plantes en règle générale – contiennent des principes chimiques que les laboratoires créent sans recourir aux*

végétaux, nombreux sont ceux qui estiment que nous devrions remplacer ces médicaments « artificiels » par les véritables remèdes à base d'herbes. L'americana était prescrite dans les pharmacies à la fin du XIXe siècle. Les gens s'en servaient contre la diarrhée, les vomissements, les maux de gorge, les ulcères, ainsi que les saignements et les inflammations.

- ***Sarothrae* (gutierrezia sarothrae)** *: les Indiens d'Amérique s'en servaient pour soigner les piqûres d'insectes.*

- ***Buplèvre en faux, ou bupleurum* (Bupleurum falcatum)** *: cette herbe possède différents usages, parmi lesquels le traitement de la malaria, des hémorroïdes, des sautes d'humeur et de nombreux autres maux. En Chine, elle fut utilisée jusqu'en 200 ap. J.-C., et demeure l'une des plus importantes herbes médicinales chinoises. On raconte que cette plante aspire littéralement les mauvaises émotions, telles que la colère et la dépression.*

- ***Souci, ou calendula* (calendula officinalis)** *: Angela pourrait y faire appel contre les maux de tête et la tuberculose. Lors de la guerre de Sécession, les soldats l'utilisaient pour stopper les saignements, et les Romains de l'Antiquité s'en servaient contre les piqûres de scorpion. D'autres utilisent cette herbe pour soigner les entorses, les varices, les coups de soleil, les fièvres et la mycose. On s'en sert également pour soigner les cancers et l'inflammation des organes internes.*

Thym de chat **(teucrium marum)** *: parions qu'Angela en utiliserait une version différente, baptisée thym de chat-garou. La poudre préparée à partir de cette herbe était utilisée pour traiter les maux d'estomac ainsi que les maladies mentales. Nous savons tous que si nous mangeons trop de chips, notre estomac nous fait mal. Et si l'on a trop mal à l'estomac, il y a de quoi devenir fou, non ? Le thym de chat-garou est là pour soigner ces deux troubles.*

Je pourrais poursuivre la liste, encore et encore, et citer des centaines de nouvelles herbes et leurs usages. Mais je préfère m'arrêter au thym de chat-garou. Il est clair que les remèdes concoctés par Angela dans Eragon *sont similaires à ceux de notre monde.*

Comme nous l'avons déjà indiqué, Angela lit également l'avenir dans les boules de cristal, les lignes de la main et les cartes de tarot. Dans notre monde, lire les lignes de la main veut dire interpréter la ligne de vie, la ligne de cœur et tout un tas d'autres lignes qui sillonnent la paume. Étant donné que cette pratique occupe peu de place dans *Eragon*, je n'en écrirai pas trop sur le sujet. Mais, pour vous divertir, je vais vous lire les lignes de ma main et vous dire ce qu'elles révèlent sur l'auteur de ce livre. Allez, c'est parti...

La lecture de ce qui suit se fait à vos risques et périls :

J'ai une longue ligne de vie, quoiqu'un peu étroite. Ma ligne de tête, située juste au-dessous de la ligne de vie, est droite et profonde. Ma ligne de cœur, placée au-dessus de la ligne de tête, est, quant à elle, très longue.

Une longue ligne de vie est censée signifier que je vis toujours à l'endroit où j'ai grandi, que je suis quelqu'un de fiable mais que je déteste bouger. En réalité, j'habite bien loin du lieu de mon enfance mais il est vrai que je déteste bouger.

Ma ligne de tête m'indique que je suis gouvernée par la logique, que j'ai une bonne mémoire et beaucoup de volonté, ainsi que d'incroyables capacités de concentration, un sens développé du détail et énormément de contrôle mental. La lecture de ma paume indique également que si je m'ouvre davantage aux émotions tout un tas de belles choses m'arriveront. Une fois encore, c'est faux. Dans ma vie de tous les jours, je suis tout sauf froide. Plutôt chaleureuse et émotive.

Je commence à douter du bien-fondé des lignes de la main. Mais bon, poursuivons.

La ligne de cœur me présente comme une personne extrêmement bien organisée. Et depuis quand ? Je suis tout sauf organisée. Un véritable *désordre* ambulant !

Les boules de cristal sont également évoquées au sujet d'Angela. De plus, le terme « cristallomancie » apparaît dans les deux romans. Par exemple, Eragon y a recours pour voir des choses très éloignées ou dissimulées. Brom lui enseigne comment y parvenir en prononçant les mots de l'ancien langage *draumr kopa*.

En anglais, le terme « cristallomancie » (*scrying*) vient d'un autre mot, *descry*, signifiant « percevoir ». Il y a bien longtemps, les gens utilisaient des miroirs pour tenter de percevoir des choses invisibles à l'œil nu. Si une personne ne disposait pas de miroir, elle pouvait toujours recourir à un bol rempli d'encre, scintillant sous l'effet de la lumière ou d'un objet en verre. L'on se servait également de pierres polies, ainsi que d'obsidiennes. Mais les objets les plus couramment utilisés pour la cristallomancie sont les miroirs et les cristaux. D'où les boules de cristal.

Si Eragon est capable de percevoir les choses cachées en prononçant des mots anciens, Angela parvient au même résultat avec une boule de cristal. Nous sommes tous fascinés par les boules de cristal.

Dans un certain sens, nous y *croyons.* J'ai eu un réveil en forme de boule de cristal que je posais sur la table de ma cuisine. Je crois que l'on m'en avait fait cadeau. L'objet était très bon marché, mais il était très marrant. Je formulais une question avant d'appuyer sur un bouton, et l'une des six voix enregistrées me répondait du tac au tac. Un peu plus tard, l'une de mes amies a acheté une boule divinatoire, ou Magic 8 ball, et nous avons passé notre temps à lui poser des questions en prenant ses réponses pour argent comptant. Bien évidemment, nous jouions également avec des planchettes ouija. Nous avions même poussé le vice jusqu'à bricoler une cabane de diseuse de bonne aventure en face de la maison de ma copine. Nous faisions aussi des tests de graphologie, lisions dans les lignes de la main, et nous adonnions à toutes sortes de pratiques qui nous semblaient géniales, « un peu terrifiantes » et presque extraterrestres. De nombreux enfants s'adonnent à ces petits jeux, encore aujourd'hui. Le fait de croire aux aspects les plus bizarres de la vie, au surnaturel, demeure extrêmement populaire. Sinon, comment expliquez-vous le succès international de *Harry Potter* ?

Concernant les cartes de tarot, je n'ai jamais cessé de croire en leur capacité à prédire l'avenir depuis ma première expérience de cette pratique, il y a une douzaine d'années. Je n'y croyais pas plus que cela. Du moins, jusqu'à ce que les prédictions d'une cartomancienne se réalisent. Cette dernière m'avait annoncé des choses que je n'aurais jamais imaginé pouvoir se réaliser. Ce furent des événements qui firent basculer ma vie, des chocs psychologiques considérables. Elle m'avait mise en garde, insistant sur le fait que ces prédictions étaient très mauvaises. Jusque-là, j'avais toujours cru vivre une existence régulière, prévisible et heureuse. Mon mariage était des plus harmonieux, ou du moins le pensais-je, j'avais deux charmants enfants et une jolie petite carrière dans l'écriture. Les cartes ont prédit qu'en moins d'une année mon mariage allait échouer, que je me retrouverais plongée dans d'innombrables problèmes légaux pour la première fois de ma vie, que j'allais perdre ma maison, ma stabilité et tout ce qui m'était le plus cher. Je suis navrée de vous apprendre que ces prédictions se sont révélées justes.

Dès lors, je me suis mise à croire aux cartes de tarot et j'ai commencé à les consulter, chaque soir, pour voir à quoi allait ressembler mon futur. Je m'en suis également servie pour glaner de précieux conseils. Mais, si tout cela me réconfortait, jamais je n'ai ressenti le même impact que lors de mon premier rendez-vous avec la cartomancienne. Elle m'avait affirmé posséder un don surnaturel et n'avait jamais voulu d'argent, jugeant cette pratique fort peu éthique. Ce qui est plutôt rare : la grande majorité des cartomanciennes exigent d'être rémunérées. Un comble lorsque l'on sait que la plupart d'entre elles ne possèdent aucun don particulier. J'ai en effet rencontré bon nombre de charlatans, et les seules prédictions que j'ai pu vérifier se limitent à celles de la cartomancienne.

Tout cela mis à part, les cartes de tarot ont fait leur première apparition au XVe siècle en Italie. Elles représentaient des images de l'Empereur, du Pape, de la Mort, du Diable et de la Lune. Les gens jouaient avec ces cartes à une sorte de bridge appelé le jeu des Triomphes. Celui-ci connut un grand succès en Italie, au point de se répandre en France, en

Autriche, en Allemagne et dans d'autres pays. Ce ne fut que bien plus tard – des siècles plus tard, à vrai dire – que les cartes de tarot commencèrent à être associées à la symbolique mystique.

La cartomancienne bat les cartes et les dispose sur une surface plane, tout en respectant un ordre bien particulier. Puis elle retourne ces cartes, toujours selon un ordre bien défini, avant d'interpréter leur signification, à la fois dans leur ensemble et isolément.

Si nous considérons que toutes les méthodes utilisées par Angela – les lignes de la main, les cartes de tarot et les boules de cristal – fonctionnent, alors, dans ce cas, pourquoi choisit-elle une méthode plutôt qu'une autre ? Je suppose que si un type vient voir Angela avec les mains entièrement brûlées, elle sera dans l'incapacité de lui lire les lignes. Elle devra se tourner vers la boule de cristal ou les cartes. Mais si elle peut voir dans une boule de cristal et y prédire l'avenir, à quoi donc lui servent les cartes ?

À propos d'Angela, sachez enfin que Christopher Paolini s'est inspiré de sa propre sœur. À ce sujet, il a d'ailleurs écrit : « Angela l'herboriste a une histoire intéressante. Je n'avais jamais cherché à introduire un personnage de ce type dans le livre. Mais, durant le passage où Eragon et Brom se rendent à Teirm, l'idée m'est venue de parodier ma propre sœur qui, par le plus grand des hasards, se prénomme elle aussi Angela. Heureusement pour ma santé physique, cette dernière possède un excellent sens de l'humour[12]. »

12. www.teenreads.com

La géographie et les peuples scandinaves

Eragon débute avec une carte de l'Alagaësia, dessinée par Christopher Paolini en personne. Bien avant que les hommes et les elfes n'existent, les nains, les dragons et d'autres créatures magiques peuplaient déjà cet immense continent nommé l'Alagaësia. Puis ce fut au tour des elfes de traverser les mers pour s'y installer, avant de devenir les ennemis jurés des dragons.

Bien sûr, cela n'arrangea pas les choses lorsqu'un elfe des plus stupides décida de tuer un dragon. Après tout, on n'élimine pas une créature aussi puissante et imposante qu'un dragon sans s'attendre à un violent retour de bâton. Et, comme l'on pouvait naturellement le prédire, les dragons ripostèrent, ouvrant la voie à une guerre sans merci.

Dans la vraie vie, un pays pourrait-il plonger dans une longue guerre parce qu'une personne fraîchement installée a tué un résident de longue date ? Je suppose que cela dépend du statut de ce dernier et de la manière dont est envisagé le délicat sujet de l'immigration. Dans des circonstances ordinaires, un conflit durable serait probablement évité. Par exemple, supposons que vous viviez sur une terre imaginaire appelée l'Algoria, et que les habitants de l'Algoria se divisent en deux espèces fictives intelligentes : la première baptisée les Dracoflavioplatans et la seconde – allez, faisons simple cette fois ! – les Nains.

Les Dracoflavioplatans et les Nains dominaient l'Agoria et cohabitaient en paix. Pour parler franchement, il est difficile de croire qu'une telle situation puisse se produire dans la vraie vie, car on assiste sans cesse, même entre les créatures d'une seule et même espèce, à d'interminables conflits autour de la nourriture, des femmes et des époux, des frontières, objets de convoitise, de jalousie et d'autres vilains sentiments. Il est difficile de croire que les Dracoflavioplatans et les Nains de notre monde imaginaire ne se déchiraient pas entre eux et au sein de leur espèce respective. Et que jamais ils n'entraient en guerre.

Un jour, une nouvelle espèce intelligente, les Elgarahoose, arriva dans notre territoire imaginaire. L'un de ses représentants, fort jeune et fort stupide, eut la mauvaise idée d'occire un Dracoflavioplatan – pas le roi de tous les Dracoflavioplatans, je vous rassure. Non, juste un Dracoflavioplatan lambda, qui était gentiment allé s'acheter sa brique de lait chez l'épicier du coin. Immédiatement, la guerre éclata entre les Dracoflavioplatans et toute la race des Elgarahoose ! Et cette guerre dura pour l'éternité.

Soyons clair, un tel scénario semble fort peu probable. Si la victime Dracoflavioplatan avait été un archiduc ou un roi, voire le président de tous les Dracoflavioplatans, un ambassadeur, une princesse adulée, alors oui, un tel scénario serait envisageable.

Par exemple, il y a bien longtemps dans notre monde à nous – en juin 1914, pour être tout à fait précis –, le général Oskar Potiorek, gouverneur des provinces autrichiennes de Bosnie-Herzégovine, invita l'archiduc austro-hongrois François-Ferdinand et son épouse, Sophie Chotek, à assister à un défilé militaire. Ce François-Ferdinand était l'héritier du trône austro-hongrois. Vous l'aurez compris, rien à voir avec un type lambda allant s'acheter sa brique de lait. L'archiduc François-Ferdinand mit peu de temps à réaliser qu'il n'était pas là pour entamer une partie de criquet. Il avait été invité à assister à des *manœuvres militaires*. Et le fait que les citoyens de Bosnie-Herzégovine ne portaient pas vraiment leurs dirigeants autrichiens dans leur cœur n'arrangeait pas les choses. En fait, ils préféraient l'autorité serbe à celle de l'Autriche et, en 1910, un Serbe nommé Bogdan Zerajic avait déjà tenté d'assassiner le gouverneur autrichien de Bosnie-Herzégovine. Finalement, l'archiduc François-Ferdinand fut assassiné et, en quelques semaines, l'Autriche-Hongrie déclara la guerre à la Serbie. Cette décision fut à l'origine de la Première Guerre mondiale.

Dans ce cas précis, le meurtre avait des motifs politiques et militaires. La personne assassinée était l'héritier du trône. Mais si cet archiduc François-Ferdinand s'était simplement appelé, disons, Ferdinand le cordonnier, la Première Guerre mondiale aurait-elle éclaté ? Probablement pas. Si un Serbe en désaccord avec l'armée en place avait assassiné un modeste cordonnier d'Autriche-Hongrie, cela aurait fait un peu de bruit. À n'en pas douter. Mais cela n'aurait jamais, au grand jamais, provoqué une guerre.

Pour l'heure, retournons dans l'Alagaësia, au temps où les dragons et les elfes se détestaient royalement. La guerre fit rage pendant une éternité et fut finalement stoppée lorsque naquit le premier Shur'tugal aux superpouvoirs magiques, un type baptisé Eragon, qui ne tarda pas à grandir et à prendre du poil de la bête. Devenu homme, il instaura la paix entre les dragons et les elfes. Les dragons en furent si reconnaissants qu'ils offrirent chaque année plusieurs de leurs œufs aux elfes, afin de multiplier le nombre de Dragonniers et, ainsi, maintenir l'harmonie.

Bien sûr, comme partout où règne la douceur de vivre, il faut qu'un méchant pointe le bout de son nez pour tout ficher par terre. Dans l'Alagaësia, ce type-là fut Galbatorix, un chevalier devenu complètement fou et incontrôlable. On connaît la suite.

L'Alagaësia est donc un territoire semblable à un pays, mais à peu près aussi gros qu'un continent. Cinq civilisations (et non pays) s'y côtoient : l'empire, les Vardens, les elfes, les nains et le Surda. Des sept îles répertoriées, l'île de Vroengard est la plus importante, puisque c'est là que les Dragonniers vécurent il y a plusieurs milliers d'années. L'Alagaësia est entouré de montagnes et d'eau, et sa géographie joue un rôle essentiel dans *Eragon* et *L'Aîné*.

Sur la carte de l'Alagaësia au début d'*Eragon*, on voit un vaste désert, baptisé désert du Hadarac, entouré de forêts et de montagnes. Au nord se trouvent les forêts, des villages, des villes et des rivières. À l'ouest apparaît la Crête, une chaîne de montagnes dangereuses où Eragon découvre l'œuf de dragon au début du roman.

Probablement du fait de son immense superficie, le désert du Hadarac n'est pas sous le contrôle de l'Empire. Accompagné de Murtagh et (bien évidemment) de Saphira, Eragon le traversera afin de conduire Arya auprès des Vardens.

Les montagnes de la Crête ont donné lieu à des légendes terrifiantes. La Crête est considérée comme une sorte de redoutable no man's land. Pour des raisons qu'il est peut-être difficile de saisir au tout début du premier roman, Eragon possède le don de s'y aventurer sans pour autant rencontrer de démons, se faire étriper ou perdre la raison. À l'instar du désert du Hadarac, la Crête est une zone que le roi Galbatorix évite à tout prix.

Au sud du désert du Hadarac se trouve une autre chaîne de montagnes, appelée montagnes du Beor. L'on raconte que certains de ses sommets atteignent plus de 16 000 mètres d'altitude, constituant ainsi une protection naturelle pour les Vardens et les nains. Une immense cité creusée dans la montagne et baptisée Farthen Dûr abrite les nains. Et loin au-dessus se trouvent des milliers de glaciers, plus connus sous le nom de l'Étoile de Saphir.

Comme dans de nombreux jeux de rôle, les lieux traversés par Eragon ne se limitent pas à des déserts, des rivières et des montagnes. L'Alagaësia est plein de villages, de cités fortifiées et de châteaux. Par exemple, Gil'ead est une ville fortifiée entièrement sous le contrôle du roi Galbatorix. Eragon et Arya y sont tous deux faits prisonniers. Fort heureusement, ils seront secourus par Murtagh et Saphira.

La cité de Teirm, située tout près de la mer, est elle aussi fortifiée. Elle est entourée d'impressionnantes murailles d'environ trente mètres de hauteur et cinq mètres d'épaisseur. Des soldats sont postés au sommet de ces murs et l'on peut apercevoir, loin au-dessus de leurs têtes, le majestueux château de Teirm qui surplombe la cité. Les bâtiments ont la forme de boîtes, ce qui permet aux hommes armés d'arcs et de flèches de s'asseoir sur les toits plats et de s'en prendre à quiconque leur déplaît. Les arcs et les flèches, les chevaux, les châteaux, les murailles et les villes fortifiées : tout cela évoque fortement la grande époque des chevaliers du Moyen Âge, ainsi que celle des Vikings et des peuples scandinaves.

Les Scandinaves parlaient une langue baptisée vieux norrois (dont Christopher Paolini n'a jamais caché s'être inspiré pour constituer la base de son langage elfe) et vivaient dans des régions reculées du nord de l'Europe. Selon la mythologie populaire, ces peuples de « langue nordique » auraient été conduits plus au sud par les Romains, se seraient mêlés aux sociétés celtiques et finnoises de la Saxe (l'actuelle Allemagne) et de la Scandinavie. Les premiers Scandinaves s'appelaient les Ynglings, ou Inglings, et envahirent la Bretagne celte, devenue plus tard l'Angleterre.

Les Scandinaves étaient des conquérants et il ne leur fallut que très peu de temps pour envahir la France, la Russie et la Hollande, et donner le nom de « Normandie » à une province française. Les « hommes du Nord » qui peuplaient les îles Britanniques au cours du Moyen Âge sont souvent appelés Vikings. Ces derniers étaient d'impitoyables envahisseurs, écumant les mers et les océans pour tuer, dérober et détruire. Si tous les Vikings étaient des Scandinaves, tous les Scandinaves n'étaient pas des Vikings. Certains étaient artisans, forgerons, fermiers, etc.

Les imposants châteaux, les ponts ralliant deux villes, les cités fortifiées : tous ces éléments caractéristiques du monde d'*Eragon* trouvent leurs origines dans l'histoire des Scandinaves et des Vikings. Par exemple, Trelleborg désigne deux des six forteresses bâties par les Vikings au Danemark et en Suède. Ces six forteresses sont Aggersborg au Danemark, Borgeby en Suède, Fyrkat, Nonnebakken et Trelleborg au Danemark, et de nouveau Trelleborg, mais cette fois-ci en Suède.

Eragon grandit dans un village appelé Carvahall et situé en bordure de la Crête. Brom, Garrow et de nombreux autres personnages y résident également. Non loin de Carvahall se trouve la ville de Therinsford, traversée par la rivière Anora. Utgard, au sud-est de Therinsford, est l'un des endroits où se réunissaient les Dragonniers dans l'ancien temps. À cette époque, seuls les Dragonniers pouvaient s'y rendre pour protéger l'Alagaësia. Les lieux d'*Eragon* ressemblent fort à ceux de l'Europe du Nord médiévale. Dans la réalité, les Scandinaves envahissaient et pénétraient des petites villes et des petits villages, chevauchaient à travers les forêts et les montagnes, combattaient avec des armes médiévales : haches, arcs, flèches, etc. S'ils ne chevauchaient pas de dragons à proprement parler, ils croyaient en leur existence – pour preuve, les sculptures de dragons ornant la proue de leurs drakkars !

Les dix *sefirot* (« sphères », en hébreu) de l'arbre de vie cabalistique ressemblent fort à l'arbre de vie des Scandinaves. Est-il possible que Christopher Paolini s'en soit inspiré pour créer le nom Saphira ?

Il n'y a aucun moyen d'en être sûr à 100 %. Nous savons simplement que si un elfe stupide n'avait pas tué un dragon il y a bien longtemps, le continent de l'Alagaësia serait totalement différent.

Écrivez votre propre récit de fantasy

Qu'est-ce qu'un récit de fantasy ? Vous pourriez me répondre que c'est un livre écrit par un adolescent, parvenu à la première place dans la liste des best-sellers du *New York Times*. C'est du moins ce qui est arrivé à Christopher Paolini.

Peut-être rêvez-vous de vivre la même chose. Ou peut-être imaginez-vous des trolls et des elfes croisant le fer avec des dragons et des lutins au fin fond d'une caverne souterraine. Il y a sûrement une raison à tout ce débordement d'imagination. Toutes ces créatures féeriques ne se battent pas pour rien. Je suis persuadée que le but de leur lutte est de renverser un roi maléfique ou un redoutable seigneur de guerre représentant une menace pour autrui. Dans les récits de fantasy et les contes de fées, la lutte du bien contre le mal est un concept superstar.

Mieux, un bon récit de fantasy doit nous aider à envisager notre propre monde de manière plus élaborée. Nous remettons en cause l'ordinaire de nos vies. Nous réalisons que nous ne sommes pas seuls. Il existe de nombreux sujets, idées, créatures et domaines tout autour de nous. Nous n'en avons pas encore conscience, c'est tout.

En quelque sorte, c'est notre pays des fées à nous.

Il y a bien longtemps, les gens se racontaient oralement des contes de fées, puis ces contes étaient retranscrits sur le papier et réunis dans des livres tels que *Les Contes de ma mère l'Oye* ou *Les Contes de Grimm*. Les auteurs de fantasy commencent toujours par créer leur propre univers en s'inspirant de ces anciens contes de fées, en embellissant les idées originales tout en réutilisant des créatures et des lieux.

De nombreux films contemporains puisent allègrement dans ces contes de fées. Prenez *Shrek* et *Shrek 2*. Ces dessins animés suivent les aventures d'une princesse et d'un ogre, tout en introduisant des personnages sortis tout droit des contes, comme le prince charmant ou le Chat botté.

La plupart des jeunes enfants croient dur comme fer à la magie et à la fantasy. L'idée qu'il puisse exister des elfes ou des animaux qui parlent ne les effraie aucunement. Tout comme ils n'ont aucune crainte à l'idée de voir deux poupées se parler. Quant à l'existence des fantômes, elle leur semble plausible.

Quelque part entre l'enfance et l'âge adulte, on cesse de croire à la magie et à la réalité des créatures fantastiques. La popularité de livres comme *Harry Potter* me fait pourtant espérer que les adultes n'ont pas complètement perdu leur capacité d'émerveillement. Le succès phénoménal du *Seigneur des Anneaux* et des romans *Eragon* et *L'Aîné* montre aussi que les enfants comme les adultes croient toujours en l'existence d'un monde meilleur, pensent que le bien peut l'emporter sur le mal et que la magie pourrait – j'ai bien dit, *pourrait* – fonctionner pour de vrai.

Les contes de fées sont extrêmement importants. Ils élèvent nos esprits et nous remplissent d'espoir. Ils nous rappellent qu'il existe peut-être un monde parallèle, bien éloigné de celui qu'on nous a appris à voir.

Pour ceux qui souhaitent écrire leur propre récit de fantasy (ou conte de fées, les deux termes sont interchangeables), voici quelques précieux conseils à suivre. Mais, avant toute chose, gardez toujours à l'esprit que Christopher Paolini a réussi à écrire ses propres livres de fantasy, comme il a réussi à mettre de la magie dans sa vie. Peut-être saurez-vous faire de même.

Un récit de fantasy doit avoir un héros ou une héroïne lancé dans une grande aventure, appelée « quête » dans le langage des jeux vidéo. Songez aux aventures d'Eragon. Elles ressemblent à s'y méprendre à celles des jeux vidéo. Le héros traverse des villages, des villes, franchit des rivières, des montagnes et, avec l'aide de vieux sages, de magiciens et de créatures magiques, finit par découvrir des trésors et par élucider des énigmes. Et plus il avance, plus ses pouvoirs s'intensifient. Sa « santé » gagne en résistance, ce qui laisse augurer une vie plus longue.

Voici donc la règle à suivre :

1. *Choisissez un héros ou une héroïne. Vous pouvez opter pour quelqu'un comme Eragon, qui commence l'aventure en tant qu'humain et devient elfe à la fin de l'histoire. Vous pouvez aussi faire tout le contraire : commencer par un elfe qui finit en humain. La grande majorité des contes de fées sont peuplés de princesses (Arya dans* Eragon*), de rois (l'on trouve souvent un roi des nains) et d'autres personnages royaux. Libre à vous de choisir un aventurier descendant d'un roi, ou un type ordinaire qui, on ne sait comment, finit par devenir roi. Cet aspect n'est pas essentiel. Ce qui est important, c'est que votre héros évolue au fil du récit. Il doit en apprendre davantage sur lui-même. Il doit devenir celui que vos lecteurs vont aimer et admirer.*

2. *Assurez-vous que votre héros, ou votre héroïne, découvre le pays des fées et la magie très tôt dans le récit.*

3. *Veillez à ce que votre histoire soit remplie d'événements. Ces événements diffèrent des scènes d'action telles que les combats. Par définition, les événements se déroulent. Ce qui signifie que le personnage choisit une direction, entreprend des choses, prend des décisions, agit de manière nouvelle et diverse. Par exemple, l'oncle d'Eragon meurt, entraînant le départ de ce dernier. Eragon trouve l'œuf de dragon, Saphira en éclot, et tout deux deviennent amis. Nous assistons donc à des événements.*

4. Tout conte de fées qui se respecte contraint le héros ou l'héroïne à faire des choix difficiles. Ce qui implique une grosse prise de risques. La magie doit entrer en jeu, on doit croiser des créatures féeriques, faire équipe avec elles ou s'en débarrasser (s'il s'agit de créatures maléfiques).

5. Vous pouvez terminer avec un happy end, comme le souhaitent la plupart des lecteurs, tout comme vous pouvez opter pour un dénouement tragique, mettant en scène la mort des personnages principaux. Par exemple, dans l'histoire originelle du Petit Chaperon rouge, *l'héroïne finit dévorée par le loup ! Pas exactement une fin heureuse. Dans* Les Trois Petits Cochons, *c'est au tour d'un autre loup de croquer les personnages principaux. Dans l'histoire des* Trois Petits Chatons, *la maman chat fiche une fessée à ses trois petits pour les punir d'avoir perdu leurs mitaines. Ce sont des histoires très populaires, et pourtant bien éloignées des contes enjoués et amusants.*

Bonne chance pour votre histoire. Puissiez-vous avoir autant de succès que Christopher Paolini !

À propos de Christopher Paolini

Les quelques informations officielles consacrées à Christopher Paolini nous apprennent qu'il a été scolarisé dans le Montana et qu'il a quitté le collège à l'âge de 15 ans, fin prêt à débuter l'écriture d'*Eragon*. Ce n'est que quatre ans plus tard qu'il s'est attelé à l'écriture de *L'Aîné*.

Ses parents se sont débrouillés pour publier eux-mêmes *Eragon* et ont aidé leur fils à promouvoir son livre à travers les États-Unis. Il s'est rendu dans environ cent trente librairies, bibliothèques, salons du livre et écoles, simplement vêtu d'un pantalon noir, d'une chemise rouge d'escrimeur, de bottes lacées et d'un béret[13]. Dans une interview, il explique comment *Eragon* est passé du statut de livre

13. www.csmonitor.com

autopublié à celui d'ouvrage phare chez Knopf/Random House, l'une des maisons d'édition les plus respectées au monde[14]. Alors que le jeune Paolini se trouvait à Seattle pour promouvoir son *Eragon*, il a rencontré Michelle Frey, éditrice chez Knopf, qui a fini par lui acheter les droits et par sortir le livre. Selon le *Christian Science Monitor* (eh oui, encore lui), « l'histoire est la suivante : l'un des 10 000 exemplaires vendus en indépendant a atterri dans les mains du beau-fils de Carl Hiaassen, alors qu'il prenait des vacances en famille dans le Montana. Hiaassen, auteur de *Striptease* et de *Chouette* a ensuite appelé son éditeur chez Albert A. Knopf, en lui suggérant de jeter un coup d'œil à cet *Eragon*[15]. »

Paolini a souvent répété que Saphira la dragonne était son personnage favori. Ça tombe bien, c'est également le mien. À ce sujet, il a d'ailleurs écrit : « Lorsque j'ai imaginé Saphira, j'en ai fait l'amie idéale : loyale, drôle, courageuse, intelligente et noble. Elle a transcendé tous ces éléments et est devenue un personnage à part entière, férocement fier et indépendant[16]. »

Paolini ne porte plus de costume médiéval lorsqu'il paraît à la télévision. Et, comme l'a dit quelqu'un de CNN : « Lorsque Christopher Paolini s'avance sur l'estrade pour signer des exemplaires de son livre, simplement vêtu d'un jean et d'un sac à dos noir, il ressemble à s'y méprendre à un modeste étudiant. Mais l'accueil que lui réservent ses fans est celui d'une rock star, avec accolades sauvages et flashes qui crépitent[17]. »

À l'heure où j'écris ces lignes, Paolini est âgé de 21 ans et travaille sur le troisième tome de sa trilogie de « L'Héritage ». Un film adapté d'*Eragon* a été tourné en Hongrie, avec John Malkovich et Jeremy Irons dans les rôles principaux. Dès les premiers jours de la

---

14. www.teenreads.com
15. www.csmonitor.com
16. *Ibid.*
17. www.cnn.com

sortie américaine de *L'Aîné*, plus de 425 000 exemplaires ont été vendus, et le premier tirage s'est élevé à 1,8 million d'exemplaires environ, dont la plupart sont déjà probablement vendus. *Eragon*, en effet, s'est déjà écoulé à 2,5 millions d'exemplaires et il est classé en tête de la liste des best-sellers parue dans le *New York Times*, le *Publishers Weekly* et *USA Today*.

Un tel phénomène tient du miracle. Le *New York Times* a résumé *Eragon* par ces mots : « [C'est] l'œuvre d'un authentique et grand talent[18]. »

Mais vous savez déjà tout ça, n'est-ce pas ?

Alors, rendez-vous au cinéma pour voir *Eragon*, le film !

---

18. www.alagaesia.com

Achevé d'imprimer en France par Mame Imprimeurs
Dépôt légal : janvier 2007 - N° d'impression : 06112251